Olivier Decèse

Le Songe du Berger

Tome 2

De l'autre côté...

Á ma mère

27
Solitude

J'avais l'impression que cette dernière nuit avait duré une éternité. Pourtant, dehors, le jour venait à peine de se lever.

Les nuages s'étaient clairsemés. Ils disparurent tandis que le soleil apparaissait entre les cimes montagneuses, inondant les champs de pourpre et d'or. Il effaça de ses rayons chaleureux les dernières traces de l'averse nocturne.

Le chant des cigales avait reconquis l'espace.

Je rassemblai le troupeau. Après avoir vérifié que la tempête n'avait pas causé de dégâts parmi les bêtes, nous quittâmes le refuge pour remonter vers les hauts pâturages. Je choisis un nouvel endroit où abandonner les animaux à leurs occupations quotidiennes.

Je m'installai sur un rocher et sortis de ma sacoche un carnet et un crayon. J'avais l'intention de retranscrire du mieux que je pourrais, par des croquis, tout ce que je venais de vivre en songe. Vaste entreprise, qui ne fut guère concluante tant il m'était impossible de rendre la chose d'un simple coup de crayon. Je poursuivis donc mes dessins en croquant quelques paysages.

Mes œuvres ne furent interrompues que le temps de me

sustenter et de changer de place. Je descendis en début d'après-midi de mon rocher désormais en plein soleil, pour me mettre à couvert sous le feuillage d'un petit bosquet d'arbustes.

En fin de journée, je rangeai mon carnet, afin de me mettre à mon étude musicale.

Le soir arriva rapidement. Le ciel était clair. Tout souvenir de l'orage avait définitivement disparu. Je partageai, comme à l'accoutumé, mon dîner avec le chien. Je constatai par la même occasion que les provisions s'amenuisaient. Il me restait tout juste de quoi tenir deux ou trois jours. Ma tante enverrait sans doute quelqu'un m'apporter de quoi les reconstituer d'ici peu. À moins que mon cousin ne revienne entre temps.

La nuit s'installa tranquillement. Le ciel s'illumina, piqueté de milliards de petits points lumineux. Le silence recouvrit cette partie terrestre. Je profitai de l'occasion pour faire le point sur ces derniers jours.

J'avais besoin de remettre un peu d'ordre dans ma vie.

Tous ces événements vécus en songe avaient quelque peu perturbé le cours de mes pensées, cassant, balayant tous les préjugés et concepts préétablis du conditionnement social dans lequel j'avais vécu jusque-là. Mes nouvelles perceptions contredisaient mes pensées. La magie dans laquelle je baignais m'avait ouvert au monde des mystères, là où la logique n'a plus d'emprise, où la raison ne peut plus rien prévoir, et où la dictature de la pensée disparaît dans les oubliettes de la mémoire. Et alors tout devient possible. J'étais devenu sujet à des crises de lucidité qui me donnaient un sentiment exaltant de puissance. En même temps, je devais faire attention. Être très prudent. Trop d'orgueil ne pouvait que nuire. De même que la moindre tache de vanité pourrait me mener à ma perte.

Toute cette intensité grisante qui me portait pourrait retomber en un instant. Pourtant, je devais faire confiance en la vie. Elle ne pouvait m'apporter que ce dont j'avais besoin. J'en étais intimement persuadé. Mais que savais-je de ces besoins ?

Comme me l'avait fait entendre le faune, je ne savais même pas qui j'étais.

Dans ma tête, tout était sens dessus dessous. C'était un vrai fatras de connaissances, mêlées les unes aux autres, dont je n'étais plus capable de faire le tri. Chaque songe apportait un nouveau morceau de connaissance, que je casais parmi les autres. Et un immense puzzle s'érigeait, petit à petit, dont il manquait encore de nombreuses pièces.

Cette lucidité me permettait de voir le monde sous un nouveau jour. De mieux comprendre les rapports de l'homme et de la nature, du cosmos... et de tout ce qui vit dans l'univers. Je voyais une vie en tout, désormais. Chaque chose avait une place, SA place. Et toutes étaient reliées entre elles par des fils invisibles...

Toutefois, il m'était bien difficile de vivre avec cette nouvelle lucidité. La prise de conscience était douloureuse. C'était tout un pan de mon histoire qui s'effritait. Toutes mes croyances qui s'effondraient. Je prenais conscience qu'il y avait un monde qui échappait à ma raison. Un monde qui, sans savoir pourquoi, m'était donné subitement de visiter, un monde magique où les animaux parlent... où toute chose est vivante.

Ma raison, ou plus exactement l'idée sociale que l'on m'avait inculquée jusque-là, qui était ma seule référence, vacillait. Tel un démon abusif, ce gardien inconscient m'ôtait toute liberté, tout choix réel, toute évasion hors des sentiers battus par la raison.

Je me rendais compte à présent que je n'avais toujours vécu que pour et en fonction des idées des autres. Ces idées n'étaient pas les miennes, mais celles des autres qui m'entouraient, qui faisaient mon éducation, et que je tenais pour vraies n'en connaissant pas d'autres. Parce que depuis ma naissance je n'avais appris que celles-là, cette description du monde que je tenais pour définitive. Toute ma vie n'était qu'habitudes inspirées par les autres, définies et limitées, avec ses œillères comme garde-fou.

Je repensai alors aux événements de ma vie, à mes parents, mes amis, la ferme, mes joies et mes peines d'enfance, tous les détails qui me revenaient en un instant, sur tout ce que j'avais vécu depuis mon éveil au monde des hommes. Tous ces détails sur lesquels mon esprit tentait encore de s'accrocher afin de préserver un semblant d'équilibre mental, et ne pas chuter dans l'inconnu effrayant, sans espoir de retour.

Malgré ces rappels, je sentais par moment que je devenais fou. Que je n'avais pas les épaules assez solides pour assumer toutes ces responsabilités. J'étais pris de vertige. Alors, je tentais de me raisonner.

« Non, ce n'est pas possible. Tout ça n'est qu'un rêve. C'est mon imagination qui déploie ses ailes fantasmagoriques pour m'entraîner dans je ne sais quel monde chimérique.

Et pourtant, même si cela demeure du domaine onirique, quelle incroyable foule de connaissances il m'est offert de découvrir ! Je n'ai quand même pas pu tout inventer !

Quelle zone de l'inconscient collectif ai-je bien pu

traverser ? Et pourquoi moi ?
Jamais je ne pourrai effacer les traces indélébiles laissées dans mon esprit.

…
Il faut que je me ressaisisse avant de devenir complètement cinglé ! »

Si tout ceci n'était qu'un rêve, ce n'était pas un rêve ordinaire. Cela n'avait rien à voir avec le négatif fantaisiste en rapport avec mon vécu conscient au plan concret, que je pouvais rejouer chaque nuit, habituellement.
Non, j'avais ouvert une brèche par laquelle je pouvais passer dans l'Autre-Monde. Même si je n'avais pas conscience du processus par lequel cela m'était possible.
J'en conclus que si ma raison rêvait mon double toutes les nuits, j'avais aussi désormais la sensation que ce double, mon corps de rêve, rêvait la raison, le moi concret. Ce moi concret était le rêve du rêveur.
Mais tous ces raisonnements ne m'aidaient pas à calmer mon tourment. Bien au contraire, j'étais de plus en plus perturbé. J'avais envie de pleurer. Étais-je donc devenu une poule mouillée, en plus de cela ?
J'étais devenu autre, en tout cas. C'était certain. Plus sensible. Comme si mon corps avait toujours été assoupi, et qu'il se réveillait brusquement. Ce réveil électrisait cette sensibilité que j'étouffais dans la vie courante, afin de me conformer à la norme socioculturelle. Mais il fallait que j'apprenne à vivre avec cette sensibilité et à en user à bon escient, pour ne pas la transformer en sensiblerie.

« Non, je ne dois pas avoir honte d'admettre mes

faiblesses. Il n'y a que comme ça que je parviendrai à les dépasser. »

Malgré ce que je considérais comme ma « formation accélérée », je n'étais pas encore assez expérimenté pour trier toutes ces pensées. Tous ces souvenirs. Il y en avait trop. J'avais besoin que quelqu'un m'aide. Ne serait-ce que pour partager mes idées. Pour en parler. Me décharger du poids qu'elles faisaient peser sur mon esprit. Ce n'était pas une mince affaire, une simple modification de quelque point de vue, mais une véritable révolution qui s'opérait en moi.

Sans cesse de nouvelles idées m'assaillaient.

J'étais troublé. Ceci explique peut-être pourquoi cette nuit-là j'eus du mal à trouver le sommeil.

J'étais dans un état d'hypersensibilité. C'était aussi le premier soir où je me couchais sans fatigue physique, depuis que j'étais arrivé en montagne.

La première nuit passée dehors, à la belle étoile, ainsi que les suivantes, tout était trop nouveau. Et j'étais chaque fois épuisé par ma journée. Soit, au début, à cause de l'effet de l'altitude, soit pour avoir beaucoup marché, m'être couché tard, et enfin à cause de l'orage...

Or ce soir-là, je me rendais vraiment compte, pour la première fois, que j'étais seul dans la montagne. Seul sans plus de repères. En proie à de violentes émotions.

Dans mon imagination débridée, je m'inventais de nouveaux fantômes. Il me semblait entendre l'appel inquiétant des effraies dans la nuit. Et le hurlement du loup. J'avais beau me rassurer en me disant que cela faisait longtemps que les loups avaient disparus de cette région, il n'y avait rien à faire. Et puis, même s'il y avait eu de telles créatures, je savais qu'elles n'avaient jamais attaqué l'homme. Contrairement à certaines croyances. Car ce n'était pas pour les moutons que je tremblais.

J'avais beau me pelotonner au fond de mon duvet, me boucher les oreilles, m'enrouler autant que je le pouvais... même la présence du chien ne m'était plus d'aucun réconfort. C'était du dedans que provenait le trouble. Et l'ennemi invisible continuait d'évoluer librement en moi. Un ennemi aux formes et expressions multiples, possédant le pouvoir de sidération : la Peur et son cortège de doutes. Devant lesquels on ne peut plus raisonner.

La nuit qui, jusque-là m'avait fasciné, me terrorisait désormais. Et il y a mille raisons d'avoir peur de la nuit. De la nature. Son indifférence, son immensité, sa solitude, ses incohérences, sa puissance, ses émotions obscures, lointaines, profondes... tentaculaires, noueuses...

Je devinais des ombres dissimulées un peu partout, tapies quelque part, prêtes à bondir pour m'égorger. Ou pire...

Parce que la nuit, le monde est différent. Il devient étrange, parce que mystérieux, inconnaissable. Comme je venais de le constater en songe, le monde se conforme à la description qu'en donne notre pensée. Or la nuit, sans leurs repères, les pensées changent, et le monde aussi. On peut s'attendre à voir surgir quelque créature du néant, et celle-ci est à deux doigts de se matérialiser. La nuit, tout change. Les choses si familières en plein jour peuvent devenir méconnaissables et inquiétantes. Ce ne sont plus les mêmes lieux. Les perceptions sont modifiées. On se différencie de la nature nocturne, perçue comme étrangère, parce qu'extérieure à nous. Et on a peur d'elle. Tandis que l'identification conduit à une connivence et un attrait irrésistible.

Mais ce n'est pas tout de le savoir. Une fois la peur

installée, il est terriblement difficile de la déloger. Parce que la peur, comme la nuit, ne dépend pas uniquement de notre volonté. Et la nuit était devenue profonde. La pensée claire vacillait devant cette obscurité. Partout, les ombres se déployaient, se projetant sournoisement.

La nuit est ce que nous sommes, ce que nous attendons d'elle. Au plus profond de notre psychisme. Et ce soir-là, j'étais posséder par l'appréhension. Une appréhension incontrôlable.

J'avais beau savoir que vivre la peur, c'est la transcender, cela ne m'aidait en rien. En ces instants de panique, je ne savais pas quoi faire. La nuit s'était installée à l'extérieur, mais surtout en moi.

Cette peur échappait à mon contrôle. M'inventant des dangers qui n'existaient pas. Je me sentais impuissant contre elle. J'étais paralysé. Je me rendais compte que c'était moi, de l'intérieur, qui la faisait naître. Mais je refusais de la regarder en face pour la découvrir.

Cette angoisse me tint éveillé un long moment. Pourtant je finis par m'endormir sans que je ne m'en aperçoive. Je quittai le monde des hommes et mes craintes, pour me retrouver chez mon faune.

28
Le Miroir Magique

Le faune était absent, mais je me souvins de ses dernières paroles. Aussi, je m'approchai du miroir pour examiner ce qu'il contenait. Une figure lentement se forma. Je me reconnus. Je fixai mon reflet dans la glace. Je me dévisageai. Puis toujours lentement, la figure s'effaça pour laisser apparaître à la place un paysage : une vaste prairie s'étendait devant moi où bougea quelque chose dans le lointain, habitant les profondeurs du miroir.

Je posai la main sur la surface et, à ma grande surprise, elle traversa la glace. Le miroir restait muet. Je me délivrai de mon image et je pénétrai dans le miroir.

Franchissant l'espace qui sépare les deux rives, je me retrouvai dans l'immense étendue sans fin. L'atmosphère y était dense et palpable. Elle ressemblait plus à une espèce de brouillard transparent, légèrement luminescent. Tout revêtait une apparence évanescente. La plaine était nimbée d'une brume phosphorescente dans laquelle je m'engageai.

Je remarquai alors que j'étais physiquement différent de ce que j'étais dans le monde terrestre. Je m'en rendais compte pour la première fois. Il me semblait être plus âgé. Je me demandai si cela ne reflétait pas ma vraie personnalité. Car je m'étais toujours senti plus vieux que ce dont les apparences laissaient croire.

Je me dirigeai aussitôt vers les formes mouvantes. Je savais que j'y trouverais ce que je cherchais : un troupeau de chevaux sauvages paissant tranquillement.

Après avoir parcouru la distance nous séparant, prudemment je m'approchai des équidés. Mais ils durent me sentir et, relevant leur museau, ils me découvrirent à moitié caché dans les hautes herbes. Aussitôt ils s'enfuirent.

Alors, le doute s'immisça dans mon esprit.

Il se répandit tel un feu de paille, pour semer la zizanie dans mes pensées, sapant mon moral, mon courage et mes forces.

C'est avec angoisse que je regardais s'éloigner le troupeau, et avec lui toutes les chances de parvenir à mon but. Pourtant, ce n'était pas irrémédiable. Il me suffirait de suivre ses traces pour le retrouver. Mais le doute mué en angoisse, se développait. Dans ce monde chaque émotion prenait des proportions décuplées. Un sentiment d'abandon m'envahissait. Une douloureuse sensation déprimante d'échec et d'impuissance m'étreignait la poitrine. Et mes facultés s'en trouvaient diminuées. Je commençai à me trouver lourd et maladroit. J'avais de plus en plus de mal à me mouvoir. Chaque geste me coûtait. Il fallait que je fixe toute mon attention sur ce que je voulais faire pour y parvenir. C'est pourquoi, je fus incapable de lire sur la terre les marques laissées par les sabots des chevaux. Très vite je perdis leurs traces.

Je me retrouvai errant dans la plaine. Dans la grisaille monotone. Sachant tout le danger que cela représentait de m'y perdre. Je me dis que jamais plus je ne pourrais revenir. Je serais condamné à errer éternellement dans ces vastes étendues stériles. Je pénétrai un no man's land. Le décor tendait à se modifier, pour devenir aride. Sur ma droite s'était formé un banc de brouillard, haut comme un mur s'étendant à l'infini. Chaque fois que je tentais de me retourner pour lui faire face, le brouillard se déplaçait avec ma vision, de sorte qu'il demeurait toujours sur ma droite. Je commençai à oppresser. Ma respiration devint difficile. Quelque chose pesait sur ma poitrine et sur ma nuque. Je tentai de me ressaisir. De ne pas m'abandonner à ce fatalisme. Mais la panique fut la plus forte, et je sombrai dans l'inconscience.

29
Retour Prématuré

Je me réveillai la tête lourde. Une sourde vibration vrillait mes tympans. J'avais la nausée. Je me levai, douloureux.

Je fis quelques pas. Le mal sembla se dissiper quelque peu au contact de l'air pur et vivifiant. J'allai jusqu'au ruisseau. Je plongeai la tête dans l'eau glacée afin d'effacer toute trace de la sueur nocturne collant les cheveux à mon front. Finalement je me déshabillai entièrement et, ignorant le froid, j'entrai dans l'eau.

Je déjeunai. Puis je m'essayai à jouer un peu de musique. Mais le cœur n'y était pas. Alors, je reposai la flûte pour prendre mon livre.

Je n'avais pas lu dix lignes que Black se mit à aboyer frénétiquement. Je compris que j'allais avoir de la visite avant même qu'un garçon de mon âge ne fisse irruption. De quelques mois plus vieux que moi, il était bien bâti, quoiqu'un peu lourd. Il se dirigea droit sur moi dès qu'il m'aperçut. Je n'étais pas surpris de le voir arriver, m'attendant à ce qu'on m'apporte de nouvelles provisions.

Pourtant, je pensais qu'il n'arriverait pas avant un ou deux jours.

C'était un gars de la bande. Je le reconnus tout de suite pour être l'un de ceux à m'avoir houspillé lors de ma première visite au village. Malgré cela j'étais heureux de voir un être humain. Je me rendis compte tout à coup de ma solitude de ces derniers jours. Je lui fis un grand sourire amical. J'allais lui souhaiter la bienvenue, mais je me retins devant sa mine renfrognée. C'est avec une certaine animosité qu'il me salua. Il n'avait pas l'air ravi d'être là. Surtout pour moi, pensai-je. Je le compris d'autant plus lorsqu'il m'apprit la raison de sa venue.

Il n'était pas là pour m'apporter quelques provisions, mais pour me remplacer, jusqu'à ce que mon cousin rentre. Ce qui n'arriverait certainement pas avant quelques jours, Jean-Luc ayant écrit à sa mère pour lui annoncer qu'il était retenu et repoussait donc son retour. Mais alors pourquoi ma tante me faisait-elle demander à la ferme. Je tentai d'en connaître le motif. Il hésita avant de se décider à m'avouer, brièvement :

« C'est à cause de tes vieux.
Ils viennent d'arriver au pays, j'crois bien ! »

J'étais interloqué. J'allais protester, mais je me ravisai. Le pauvre gars n'y était pour rien, et nous n'y changerions rien à nous deux. Surtout qu'il ne m'avait pas l'air prêt à coopérer, même si cela le concernait autant que moi.

Je ne m'attardai guère auprès de mon remplaçant. Face à cette avarice de confidences, je préférai m'éclipser le plus rapidement possible. Apparemment, il ne me portait pas dans son cœur. Il n'était pas plus disposer à faire fi de ses griefs et de s'expliquer. C'est pourquoi je ne m'éternisai pas.

Je fis mes adieux à Black, rassemblai mes affaires et commençai ma descente vers la civilisation. Le cœur lourd de regrets.

En chemin, je réfléchis à la venue de mes parents. Ce que cela signifiait. Fini la liberté. J'imaginai que mon escapade en montagne ne leur plairait pas. Et après toutes ces heures de solitude, je répugnais à les retrouver. Heureusement ils ne resteraient pas longtemps. Ils détestaient trop la campagne pour cela.

Ma mère prétexterait qu'elle avait quantité de choses à faire, des amis à voir. Mon père, quant à lui, qu'il avait du travail qui l'attendait. Pourvu qu'ils ne me ramènent pas avec eux. C'est tout ce que je demandais. J'avais pris goût à la vie campagnarde. Non pas que je détestais la ville à présent. J'y retournerais même avec grand plaisir, retrouver mes camarades de classe. Mais seulement une fois les vacances terminées. D'ici là je voulais pouvoir m'évader encore un peu. Me remplir les poumons de cet air pur, ainsi que la tête de toutes ces images naturelles. Qu'est-ce que j'aurais à raconter aux copains en rentrant ! Même si je passais sous silence mes rêveries. Parce que je n'étais pas très sûr que ce serait une bonne idée d'en parler. Même à mes meilleurs amis. Ils ne me comprendraient plus, me croiraient fou, ou différent. Ce qui reviendrait au même.

Quant à mes parents ! Si rationnels dans leur petite vie étriquée, bien rangée, sans pli, sans imprévu, j'imaginais la tête qu'ils pourraient faire si je leur racontais tout ce qui m'était arrivé. C'est bien l'unique pensée à leur encontre qui me fit sourire.

Je comprenais à présent ce qui pouvait leur déplaire, à mes « vieux », dans cette nature. C'est que la trace des hommes y est invisible. Ou si peu marquée. Sans le bruit, sans les signes concrets de la maîtrise de l'espace par l'homme, celui-ci est perdu. Parce que la nature ne dépend pas de sa volonté.

Je me rendais compte que mes parents ne faisaient que s'inscrire dans une logique sociale. Ils rentraient dans le moule du conditionnement. Ils étaient à l'image de cette société moderne, selon la norme culturelle du moment, qui rejette ce que la volonté ne contrôle pas. C'est ainsi qu'elle bannit la nature, tout comme les émotions. Mais pas n'importe quel genre d'émotion. Non pas une émotion « émotive », la sensiblerie, mais celle plus subtile qui peut faire de l'homme un être sensible, non soumis aux pulsions passionnelles.

D'ailleurs, les sociétés qui détruisent la nature, cherchant à renfermer sa spontanéité dans des parcs aménagés, organisés, bien surveillés, d'où rien ne doit sortir pour se mêler à l'autre monde, sont aussi des sociétés de répression de la sensibilité. C'est également là que l'on trouve les « meilleurs » asiles. Les hôpitaux psychiatriques, où les camisoles de force assurent une certaine sécurité pour les gens « normaux ». Dans ce monde où la folie n'a plus sa place, tout comme les bergers ou les gens du voyage, on les met à part. C'est ce qui était arrivé à mon vieux bonhomme. Parce qu'il était différent des autres, on l'avait isolé. On le craignait. Il dérangeait quelque part. C'est toujours le différent de la majorité qui doit être rejeté, disparaître, s'il refuse de s'uniformiser. Ou bien détruit.

L'homme a tendance à isoler et détruire tout ce qu'il ne comprend pas, ce qui lui fait peur, ce qui lui est étranger. Et oui, ce sont les mêmes hommes, les mêmes femmes, avec un corps, des membres, une tête... quasi semblables, qui sont si différents en esprit. Et dans l'action. Tandis que certains aiment et respectent, d'autres ignorent, détestent et détruisent. Il faut de tout pour faire un monde. Mais ce monde, ne pourrait-il pas manifester sa diversité autrement ? En acceptant l'autre ?

L'état d'homme de société est un état d'inévitable asservissement. Les hommes ne sont que des fantômes pour qui la vie ne signifie rien. Toutes leurs idéologies, leurs politiques, avec leur commerce, leurs trusts financiers, leur gouvernement de l'argent... font de la société un bagne dans lequel ils sont prisonniers de leur culture. Leur règne est un enfer.

Ils sont conditionnés par des séductions inconscientes, auxquelles ils ne peuvent résister. Dès leur naissance, les hommes sont enchaînés au système. Et qu'ils soient en accord, ou qu'ils le rejettent, ils font son jeu, sans issue, sans le savoir. Ils sont ainsi piégés dans les affres de ce monde, et piègent les autres à leur tour, par des réactions analogues à celles qui les ont enchaînés, dont ils deviennent les gardiens abusifs, avec la meilleure intention du monde qui les pousse à reproduire les actes de leurs aînés.

Tout ce que font les hommes n'est que folie. Une folie destructrice, parce que manipulatrice, dirigée pour le développement des plaisirs des sens. En une visée de masse égoïste. Où seuls ceux qui tirent les ficelles croient pouvoir en bénéficier. Le malheur ne vient pas du fait que seule une élite profite de ces privilèges, mais du fait que la majorité exclue pense qu'il en est ainsi, que le bonheur réside là, dans l'acquis de ce confort matériel auquel ils n'ont pas droit. Et c'est cette folie inconsciente qui, au lieu d'être dirigée par l'homme, le mène par le bout du nez. Cette même folie qui mène de l'avant l'humanité, malgré tout.

Mais pour aller où ?

Et mes parents étaient à l'image de cette société. Répressive de sensibilité. Comme tant de parents. Ceux-là mêmes qui prennent leurs enfants pour des gamins. Des assistés qui ne sont pas sensés savoir se débrouiller seuls. Sous allures de bons sentiments, de bonne conscience, on veut se mêler de tout. Et ces adultes qui traitent leurs enfants ainsi, sont les mêmes qui aménagent le milieu naturel, jusqu'à le rendre méconnaissable, bétonné... couvert de cités, d'autoroutes... défiguré par la main de l'homme. Et le premier milieu auquel ils s'attaquent, c'est le milieu des émotions, des pulsions enfantines, qui n'ont pas le droit de s'exprimer.

Parce que l'homme aujourd'hui, dans ces sociétés, ne connaît plus la nature, comme il ne connaît rien de la sensibilité. Pour aimer quelque chose il faut le connaître. Ne la connaissant pas, la nature suscite la peur. Ils ont beau s'en défendre, tout dans leurs comportements trahit cette peur de la nature.

Elle effraie, parce qu'elle nous met face à nous-mêmes. Face à nos fantasmes. À nos interdits. Tous les tabous de la pensée humaine, nés de la peur. Et il ne suffit pas de vivre à la campagne, ou de s'y rendre de temps en temps, pour la comprendre. Même si cela aide. On peut être dans la nature sans en avoir jamais conscience. Sans reconnaître toutes ses richesses. Sans avoir de réel contact avec ses forces.

Pour aimer, il faut connaître. À moins qu'il ne faille aimer pour connaître ?

29
Dispute

C'est au travers de ces réflexions que j'effectuai ma descente. Je n'avais pas résolu le dilemme, à savoir si l'amour vient avant la connaissance, ou inversement, que déjà j'aperçus les toits de la ferme. Je reconnus de loin la voiture stationnée dans la cour. Jusque-là, j'avais espéré que mon remplaçant auprès du troupeau s'était trompé. Ou qu'il m'avait raconté des histoires. Mais j'avais désormais la preuve sous les yeux qu'il ne m'avait pas menti.

Les effusions furent courtes. Je crois que mes parents comprirent tout de suite que je ne les accueillais pas de bon cœur. Je ne cherchais pas à le leur cacher. Ma tante, de son côté, déploya tous ses efforts pour détourner l'attention.

« Ah, regardez-moi cette bonne mine qu'il a. Hein ?
On dirait que ça lui a fait du bien ! »

« Peut-être, reprit mon père.
Il n'empêche que je n'admets pas... »

« Bon, coupa sèchement ma mère. On en a déjà discuté.
On s'est expliqué là-dessus et on ne va pas y revenir. »

Après une courte pause, elle se tourna vers moi pour terminer à mon intention :

« Je t'interdis de repartir seul dans la montagne. Tu m'entends ?
Tu imagines s'il t'était arrivé quelque chose ?
On s'est fait du mauvais sang. Tu as failli me rendre folle.
Et ne fais pas cette tête. Cela m'horripile, tu le sais ! »

Et sa voix se fit plus tendre.

« C'est pour ton bien que je dis ça.
Je t'aime, mon bichon, et je ne voudrais pas que tu aies un accident. »

J'éclatai.

« Je ne suis pas ton bichon ! Je ne suis plus un gosse. Alors... alors... »

Ne trouvant pas la suite, je tournai les talons et montai les marches quatre à quatre m'enfermer dans ma chambre, en claquant la porte.
C'est tout ce dont ils étaient capables. Parler dans mon dos, en jouant les adultes. Mais quand ils s'adressaient à moi c'était pour me traiter en gamin. J'enrageais.
Que connaissaient-ils de mes capacités ? Que savaient-ils de moi ? Moi-même je me connaissais si peu. Alors eux ! Tout ce qui les intéressait, c'est ce qu'ils attendaient de moi. Qu'ils soient fiers de leur rejeton. Que je me conforme à leurs idées. Que je travaille bien. Que je sache bien me tenir dans la « bonne société »... Mais ils

se fichaient bien de ce que je pouvais penser, ressentir. De mes émotions. Mes désirs.
Je pris une douche pour me calmer.

Au déjeuner, je me tins coi. J'ouvrai à peine la bouche. Je n'avais toujours pas digéré leur attitude du matin. Mon père tenta de me dérider par quelques blagues vaseuses. Mais c'est à peine s'il aurait su faire rire un enfant de trois ans. Il me proposa ensuite de m'emmener faire un tour en voiture, après sa sieste. C'est ma mère qui, pour une fois me sauva.

« Tu ne vas tout de même pas le récompenser de son attitude, maintenant !
Et je crois qu'il a eu assez de balades dans la campagne ces derniers temps.
Pour cet après-midi, je voudrais le garder près de moi.
Nous avons beaucoup de choses à nous raconter. N'est-ce pas mon chéri ? »

Mon chéri, c'était pour moi. Quelle horreur ! Quelle hypocrisie, pensai-je.
Je ne répondis pas.

« Tu pourrais répondre quand on te parle, tout de même !
Et arrête de faire ta tête de cochon.
Nous n'avons pas fait tous ces kilomètres, ton père et moi, pour te voir bouder ! »

J'ignorai ses sarcasmes.

L'après-midi se déroula sans fin. Je demeurai dans un

mutisme absolu. Ce qui eût pour effet d'exaspérer ma mère. Mais je tins bon.

Le soir, le même cinéma se répéta au dîner. Et c'est avec un profond soulagement que je me retrouvai dans la solitude et la paix de mon havre, pour entamer une bonne nuit de repos. C'était le seul privilège que je trouvais à cette situation. Un bon lit, bien douillet. Et des draps propres, fleurant bon. Malheureusement, je n'apercevais plus la voûte étoilée au-dessus de ma tête. Bien que je laissai la fenêtre et les rideaux grands ouverts, la sensation n'était pas la même.

Je lis d'abord un peu, avant de reposer le livre et d'éteindre la lumière. Je coulai à pic dans un océan de sommeil.

Je me retrouvais dans la morne plaine, telle que je l'avais quittée précédemment, l'angoisse m'étreignant les tripes. Mais très vite, je dominais mon émotion. Je parvins à me ressaisir.

Une fois le calme recouvré, je pouvais de nouveau réfléchir à la bonne conduite à adopter. Je sentais encore la peur se faufiler à mes côtés, mais elle n'était plus accrochée à moi, à m'écraser de son poids mort.

Je découvris des marques du passage du troupeau. Les empreintes étaient fraîches. Les chevaux ne devaient pas être très loin.

Je dus alors suivre leurs traces et parcourir de longues distances avant de les retrouver. Une fois parvenu à proximité, je décidai d'être plus discret.

Le troupeau se composait de chevaux tous différents les uns des autres. Je choisis parmi eux celui qui me parut le plus beau, mais aussi le plus fougueux : un splendide cheval blanc à la crinière de feu.

Ce ne fut pas une mince affaire que de l'approcher. Il me fallut user de discrétion, de ruse, de dextérité, et de patience. Plus d'une fois encore le troupeau décela ma présence et réussit à m'échapper. Heureusement, j'étais obstiné. Je savais qu'il me fallait absolument cette monture.

Lorsque je réussis enfin à m'en approcher suffisamment pour le toucher, je manquai me faire piétiner. J'avais acculé mon cheval dans une impasse. Devant ma farouche résolution, je dus intimider l'étalon car il se laissa attraper par l'encolure. Je parvins même à monter sur son dos, avant qu'il ait pu se ressaisir. Je fermai les yeux et m'agrippai à sa longue crinière. Il me fallait désormais parvenir à rester dessus en attendant qu'il daigne se calmer et m'accepter.

Il se cabra, rua... Mon cœur bondissait dans ma poitrine à chacun de ses sauts.

Finalement, ce qui devait arriver se produisit. Je me retrouvai les fesses à terre, mordant la poussière. Et le troupeau disparut.

30
La Bande du Village

Je me réveillai de bonne heure. Mais toujours pas de bonne humeur. Si tôt, qu'excepté ma tante, personne n'était debout. J'en profitai pour déjeuner tranquillement. Ma mère, de son côté, n'en revint pas quand elle apprit que je l'avais devancée dans la position verticale.

« Enfin quelque chose de positif qu'il aura appris ici, fit-elle remarquer. J'espère qu'il ne perdra pas cette habitude en rentrant à Paris. »

« Tu oublies, intervint mon père, que quand nous étions jeunes mariés, nous aimions traînailler au lit, et nous lever tard !... »

« Oh, toi, ne t'en mêle pas !!! »

Mais je m'étais déjà éclipsé.

Deux jours s'étaient ainsi écoulés, dans l'angoisse de l'attente perpétuelle. Je me sentais prisonnier de ma famille. Cela me permis de comprendre le comportement de mon cousin quand on venait le voir et qu'il ne s'éternisait jamais.

Je passais le plus clair de mon temps soit seul dans ma chambre, soit avec mon oncle dans le jardin. Mais je ne tenais plus en place. J'avais beau m'occuper comme je le pouvais, pour ne pas penser, je n'avais pas le cœur à l'ouvrage. Je ne cessais de ruminer dans mon coin. Je devais trouver une solution.

Je décidai donc, rapidement, d'aller faire un tour au village. J'en référai à mon oncle, qui n'émit aucune opposition. Cependant j'évitai de passer par la maison demander l'accord parental que j'étais sûr de me voir refusé. Et aussi vite que je l'avais décidé, je partis, avant que l'appréhension ne me fasse revenir sur ma décision.

En arrivant au village, je me dirigeai sans tarder vers la demeure du vieil homme.

Je n'avais pas réfléchi à ce que je lui dirais, mais je crois que je venais chercher un peu de réconfort et une solution à mes tourments. Sans oublier que j'avais besoin d'un confident à qui raconter tout ce que j'avais vécu en songe. Me prouver que je n'étais pas fou. Pourvu que le vieillard ne soit pas avare de sa parole. Toutefois rien que le fait de parler à quelqu'un de tout cela me soulagerait un peu.

J'aperçus sa demeure. Et je le vis, dos tourné, qui jardinait.

Mais tandis que je m'approchais, survint la bande des jeunes du village.

« Tiens, rev'là le parisien ! »

« Hé Marie, y'a ton voleur ! Hé hé !!! »

Je poursuivis ma route, feignant de les ignorer. J'étais bien décidé à ne pas me détourner de mon but. Cependant, j'évitai de croiser les regards, de peur d'affronter la risée dont j'étais certain de faire l'objet. Malheureusement, je n'eus pas le temps d'arriver jusqu'à la demeure du vieil homme. Un des gars s'était interposé. Il me faisait face, me barrant la route. Poings fermés sur les hanches, il me lança l'air menaçant :

« Alors, mon bonhomme ! T'as pas encore compris que t'es indésirable ici ? Faut qu'on t'mette les poings sur les i ? Ou sur la gueule... »

À ce même instant, une fille, du genre sauvageonne, une longue tignasse mal peignée descendant jusqu'aux omoplates, l'interrompit. Elle lui mit la main sur l'épaule et le poussant de côté, prit la parole.

« Laisse Jojo, c'est mon affaire. »

Puis, en s'adressant à moi, elle poursuivit :

« Alors, minus, tu oses encore venir souiller notre trottoir de tes vilains souliers. Après c'que t'as fait ! »

Je demeurai interdit. Malgré moi, je crois que je rougis. Et plus j'essayais de dissimuler mon trouble, moins j'y parvenais. Je tentai de me contrôler pour ne pas rougir, mais cela ne faisait qu'empirer. J'étais piégé dans le double nœud de la honte de rougir, qui fait encore plus rougir.

« Mais de quoi vous parlez ? » m'interloquais-je.

« Y manque pas d'culot çui-là ! » s'esclaffa un nouvel intervenant.

« Allez, dégage ! » reprit la fille.

Elle était un peu plus grande que moi. Elle arborait un air farouche. Je compris qu'elle ne rigolait pas.

« Il faut qu'on t'fasse un dessin ? »

« Non. C'est vous qui allez vous écarter pour me laisser passer. Je ne vous ai rien fait ! »

« Connard ! me lança-t-elle. Si c'est la cogne que t'es venu chercher, tu l'auras voulu ! »

Elle commençait à m'énerver.
Un plus jeune, qui s'était tenu coi jusque-là, m'annonça :

« Par ta faute, son jules il est dans la montagne. Et ça lui manque terrible ! »

« Oh, ta gueule morpion ! Personne t'a demandé de la ramener ! »

« Je sais pas de quoi vous parlez, mais vous devez faire erreur. Je ne connais pas de Jules, ici ! »

À cet instant la fille me pointa un doigt menaçant sous le nez.

« Tu te fous de notre gueule en plus ! »

Énervé je la repoussai de la main, afin de passer. Cette conversation ne menait nulle part, et je voulus y mettre un terme. Elle dut interpréter mon geste comme une provocation et elle me gifla. Je ne m'étais pas attendu à cette réplique. Je demeurai estomaqué. Après une seconde d'hésitation, je me ravisai à lui rendre son coup. Jamais je n'aurais frappé une fille. Mais il ne fallait pas qu'elle s'essaie à recommencer. Je laissais tomber de peur de déclencher une bagarre générale. Mais tandis que je la fusillais du regard, le grand qui se tenait à ses côtés ricana :

« Alors morveux, t'as peur d'une gonzesse ! T'es qu'une poule mouillée... »

Je ne lui laissai pas le temps de finir sa phrase. Je lui balançai mon poing dans la figure. Le coup était parti malgré moi.
On aurait dit qu'ils n'attendaient que ça pour me tomber dessus. Tous les gars du village se lancèrent dans la bagarre en même temps. Sus à l'étranger !
J'avais beau me débattre comme un beau diable, je succombai au nombre. Sous la pluie de coups, je m'affaissai. Je mordis la poussière. La fille était sur moi, m'agrippant les cheveux d'une main, et de l'autre me griffant le visage, pendant que les gars me ruaient de coups de pieds. Je n'entendais plus rien. Je n'étais plus qu'un corps endolori de blessures.
Brusquement, les coups cessèrent. Je dus mettre quelques instants à m'en rendre compte, car déjà mes assaillants étaient loin. Je relevai péniblement la tête. Je compris alors ce qui s'était passé.

31
Rêver : un Art Authentique

Averti par le bruit de la bagarre, le vieil homme était accouru à mon secours. Une fourche à la main, il menaçait les jeunes qui détalèrent comme des lapins, en courant dans tous les sens.
La fille fut la dernière à s'enfuir, à contrecœur. Elle me lança un dernier regard mauvais avant de se détourner pour rejoindre les autres.
Tandis que je m'asseyais, le vieux se pencha sur moi.

« Pardonne à un vieil homme d'être un peu brusque. C'est vrai que je les ai chassés brutalement. Mais vous ne m'avez guère laissé le choix. Je n'ai plus beaucoup de temps à gaspiller en bavardages. À l'âge que ce corps a atteint, j'en ai bien gagné le droit, n'est-ce pas ? »

Il m'examina un instant avant de poursuivre :

« Bah ! Quelques contusions. Ce n'est pas grave. Cela guérira. Tu as juste la lèvre ouverte. Viens à la maison, je vais te soigner. »

Et tandis que l'on se dirigeait vers chez lui, il reprit :

« Ils t'ont quand même bien arrangé. Demain, tu auras un

coquard. Qu'est-ce qui t'a pris de te battre avec eux ? »

« Ils m'ont cherché. Je ne sais pas pourquoi. Ils prétendaient qu'à cause de moi, un certain Jules les avait quittés. Et puis, ils m'ont traité de trouillard ! »

« Jules ? Connais pas. »

« Ils disaient qu'il était parti dans la montagne. »

« Ah, tu veux parler de Frédéric. Celui qui t'a remplacé pour garder le troupeau. C'est le petit ami de la tigresse qui était sur toi tout à l'heure ! »

« Je comprends mieux, maintenant... Ils m'en tiennent responsable. Mais je n'y suis pour rien ! »

« Je sais bien mon garçon. »

Il me fit rincer la bouche dans le lavabo. Un filet de sang tâcha la blancheur de l'émail. Puis il me fit pencher la tête en arrière pour me nettoyer les plaies et autres marques des coups que j'avais reçus au visage.

« Il n'y a vraiment pas de quoi se bagarrer pour si peu. Les insultes n'ont jamais cassé de bras à personne. Quelle idée ! Ne crains donc point le nom de couard. Tu n'es plus un gamin. Tu n'es quand même pas de ceux-là qui déclenchent des guerres parce qu'on les a injuriés. Tu te comportes comme un écolier. Laisse cela à ceux qui ne sont pas capables de se contenir. Je te croyais moins stupide ! »

« Je ne suis pas un imbécile. J'en ai marre que tout le monde se paie ma tête, bon sang ! »

« Allons, allons, ne t'agite pas comme ça ! On se joue de nous uniquement lorsque nous le permettons. Or, si tu n'as pas peur de passer pour un idiot, tu peux te jouer de tout le monde. Si tu avais fait ce qu'il fallait, cela ne serait pas arrivé. »

« Mais, c'est eux qui ont commencé. Ils me menaçaient. Ça faisait déjà cinq minutes qu'ils étaient sur moi. J'en avais assez. Et puis, en ce moment, je suis très énervé. Alors, c'était pas le moment... »

« Ce n'est quand même pas une raison pour te comporter comme un voyou. Si tu n'es pas capable de te maîtriser face à quelques énergumènes, que feras-tu quand tu seras confronté à des problèmes plus importants... Mais tu disais que tu étais nerveux, en ce moment. Que t'arrive-t-il donc, jeune homme ? »

« Hé bien, c'est pour cela que je venais vous voir. En fait, je ne sais plus très bien où j'en suis. Ni ce que je dois faire. J'ai peur de devenir fou. »

« Ne t'en avise pas. Ce n'est pas encore le moment pour toi. Mais qu'est-ce qui te fait dire cela ? »

Mais avant que je ne commence mon récit, il rajouta :

« Viens, allons nous asseoir dehors, nous serons mieux pour discuter ! »

Nous sortîmes donc sur le pas de sa porte. Il y avait là un banc en pierre contre le mur de la maison, à l'ombre d'un magnifique noisetier. Nous nous assîmes sur le banc, l'un à côté de l'autre, un peu de biais pour nous faire face.
J'entrepris alors de lui narrer les étranges songes de ces derniers jours.
Tandis que je lui décrivais ma rencontre avec le faune, le vieil homme fut pris d'un joyeux fou-rire.

« Voilà, c'est ce qui rend le rêve magique ! Ah ah ah !!!
On peut y transposer ce que l'on veut, sous la forme souhaitée. Ainsi, tu vois dans ton ami quelqu'un d'extraordinaire, qui t'attire et te fait peur en même temps, quelqu'un de différent des autres, des hommes...
Un être énigmatique, éternellement fugitif... faisant le même métier que moi, et tu fais le rapprochement, tu nous assimiles.
À moins que tu ne transposes ma personne, qu'on t'a sûrement dite étrange... sous la forme d'un faune ! Hi hi hi !!! »

« Mais qui est-il en vérité ? »

« C'est ton image-reflet de l'autre monde, ton ami et ton conseiller non-incarné, une conscience venue d'ailleurs, une énergie inconnue à ce monde, sans « corporalité ». Il est ton ami-esprit, hi hi hi !!! »

Je ne compris pas très bien ce qu'il insinuait, ni ce qui le faisait rire, toutefois je repris ma narration.

« Je ne sais plus trop où je vais » avouai-je pour conclure mon récit.

« Il faut parfois piétiner longtemps dans la boue et la tourmente avant de trouver les différents chemins qui s'ouvrent à soi. Souvent on n'en aperçoit même pas la croisée. »

« Mais tout ce que je vis n'est-il pas qu'un rêve, une illusion ? »

« Si, bien sûr. Tout comme le monde concret. Ces mondes sont réels, tout autant qu'illusoires. C'est juste une question de positionnement. Tout dépend d'où tu les abordes. Pour ta conscience physique, limitée à ses cinq sens, ils existent. Mais pour ta conscience spirituelle, ils ne sont qu'une image de la représentation idéale que son « créateur » veut manifester.
Ainsi, pour la Conscience, seule véritable et indescriptible nature concrète, la matière n'a pas de réalité. Tout ce qui s'y passe, toutes les formes qu'elle revêt, c'est-à-dire tout phénomène, n'a de réalité que conceptuelle, donc illusoire. Du point de vue de la Conscience. Le monde, et tout ce qu'il contient, ne sont que des images fantômes, des projections issues d'un niveau de réalité qui se situe par-delà notre espace et notre temps. Nous vivons dans un monde d'illusions tout à la fois réelles et irréelles. »

Le vieil homme entreprit alors de me faire un cours sur la physique, mais un cours peu commun.

« Le solide de la forme, ce qui apparaît comme solide, dur, palpable, est en fait un mouvement. La densité, ou fixité de la matière, des corps, du monde minéral, n'est qu'une solidification du mouvement. Une densification de l'énergie que seul l'intellect interprète comme étant fixe. Et le monde minéral est dans cet ordre la plus importante solidification de ce mouvement énergétique tel qu'il nous apparaît. Laissant dans notre esprit une impression de matière inanimée. Ce qui est faux, scientifiquement comme énergétiquement !

Tu n'as qu'à prendre un microscope pour te rendre compte qu'il n'existe pas de fixité du mouvement, et que ce qui nous apparaît comme une solidification n'est en réalité qu'une illusion sensorielle. Plus on pénètre dans ce mouvement, plus sa vitesse, sa rapidité foudroyante supra lumineuse, c'est-à-dire plus rapide que l'onde lumineuse, que la vitesse de la lumière, conduit à l'annihilation de toute sensation. On assiste à la disparition du sens du temps, de l'espace, de la matière... tels que l'homme peut les concevoir de façon sensorielle.

Nous ne sommes que des consciences. Et la conscience n'est pas seulement partout, elle est aussi hors de tout. Nous sommes dénués de solidité, en réalité. Nous sommes des feux follets. Le monde des objets ne constitue pour l'homme qu'un moyen de représentation, de matérialisation des idées perçues. Tout dans le monde, objets et êtres animés ne sont que des images élaborées par la pensée. Les choses ne sont comme nous les croyons que parce que nous les percevons ainsi. Nous apprenons à penser à propos de tout, pour ensuite entraîner nos yeux à regarder comme nous pensons. Notre tort est d'oublier qu'il s'agit seulement d'une description. Une description dont on nous a gavé dès notre naissance, et que nous finissons par prendre pour l'unique réalité, nous agrippant tant et si bien à la vision habituelle de notre pensée que nous nous rendons imperméables à la vision magique.

Le monde est aussi tel que l'homme ordinaire l'imagine, mais ce n'est pas tout, il y a bien plus que cela. Ce qu'il voit n'est pas tout ce qui existe. Il ne voit là qu'une enveloppe. Le monde est comme un oignon, il a plusieurs couches successives telles des peaux. Et notre monde est l'une de ces peaux. Une peau de surface, sans réalité fondamentale.

Dans l'univers, seule l'énergie existe. Le reste n'est que projection fantomatique. L'homme réel est pure énergie, sans masse, avec seulement une apparence, mais une apparence non fantomatique. Seules les projections de l'esprit créateur possèdent un poids, une dureté... car elles relèvent de l'illusion des sens qui créent la solidité des perceptions.

Un monde réel est un monde qui produit de l'énergie. Et dans le monde de l'énergie il n'existe que l'instant, éternel et présent, sans passé ni futur. Notre monde est donc illusoire, et pourtant, il est réel, car il produit de l'énergie. Au plus profond de lui, il luit d'une lumière intérieure qui lui est propre. Comme l'homme, sa réalité est masquée sous le voile de mystères insondables qu'il est toutefois possible de découvrir.

Pour celui qui perçoit la vision magique, le monde de la vie quotidienne n'est pas le réel. Parce que le vrai monde est un monde magique, doué de pouvoir, qui ne peut pas être réduit par la raison. C'est un monde non-rationnel, un monde vivant. Où tout n'est que mouvement sans fin.

L'univers est un tissu infini de perceptions, en perpétuelle transformation. C'est pourquoi le monde et tout ce qui y vit ne peut être limité à quelque expression ou forme que ce soit. En dépit des apparences nous sommes des êtres sans frontières. Nous n'avons aucune solidité, nous sommes perception, une perception qui peut voler jusqu'à des mondes inconcevables. La vision n'a pas de fin. »

Pour une fois que le vieil homme avait envie de parler, je n'osais pas l'interrompre. Même si à présent que j'étais dans mon corps de chair, je n'avais plus les perceptions ni l'entendement aussi acérés que lorsque je me trouvais dans l'Autre-Monde, et que j'avais bien du mal à concevoir tout ce qu'il tentait de me faire comprendre, j'écoutais passionnément.

« Les pouvoirs de l'esprit sont incommensurables. Nous n'en connaissons qu'une infime partie, parce que cela nous effraie. Nous n'en connaissons que la partie finie, séparative. Celle qui est liée et soumise à la raison, son côté rationnel. C'est le rôle de la raison de contraindre et d'interpréter le monde de façon étroite et sélective. Ce qui a pour conséquence de nous emprisonner dans le cercle vicieux du monde ordinaire dont nous avons rarement l'occasion de nous affranchir au cours de notre vie humaine.
Et ce n'est pas un point du monde rationnel qu'il faut modifier pour sortir du cercle, c'est la raison tout entière qu'il faut dépasser. Ce combat n'a pas de fin, car il n'a pas de durée dans le temps. Rien n'est permanent. »

« Mais tout ceci n'existe pas. Ni ce que vous dites, ni ce que j'ai vécu en songe. Ce sont mes sens qui me jouent un tour. Mes perceptions ont été soumises à d'importantes distorsions, parce que je suis trop nerveux... »

« Tu crois cela ? Ce serait trop facile de se débarrasser de ces visions sous de tels prétextes. Peut-être que cela apporterait une certaine paix à ta raison, mais sans rien expliquer. Et tu le sais, ces visions appartiennent à tes rêves, et tes rêves sont réels. »

« Mais c'est pourtant dans ce monde que je vis, et l'autre n'est qu'un rêve ! »

« Oui, bien sûr. C'est également vrai. C'est ici qu'est ta vie, et c'est ce qui se passe ici qui compte. Mais cela ne veut pas dire qu'il faille négliger le reste. Ni le caser au rang des fantasmagories et des chimères. Il faut être attentif à tout. Il faut rester constamment en alerte pour saisir sa chance quand elle passe, et ne pas la rater. Car elle ne passera pas deux fois de la même façon.

Ce qui est important dans la vie d'un homme, ce ne sont pas ses richesses matérielles, comment il vit, ni pourquoi, mais ce qu'il fait de sa vie, où il la conduit. Autrement dit, ses intentions. Une seule chose, en réalité, est importante, c'est l'esprit. Et l'esprit peut se manifester de diverses façons. Au travers des autres, par des signes qu'il nous envoie, à travers d'infimes détails de la vie de tous les jours, et aussi par les rêves.

Une plus grande sagesse est à notre disposition en songe qu'à l'état de veille. Toutes nos qualités et tous nos défauts y sont accrus. Notre inconscient tente sans cesse de nous apprendre des choses qui nous échappent dans le brouhaha de la vie quotidienne.

Pour un homme qui sait interpréter les signes de la vie, les rêves sont réels, car c'est à travers eux qu'une foule de connaissances lui est délivrée. La réalité est un rêve, et le rêve est réalité. Rêver est réel parce qu'on peut agir de façon intentionnelle. Le rêve conduit au pouvoir. »

« Tous les rêves sont-ils des rêves de pouvoir ? »

« Non. Il y a des songes qui guident sur la voie de la confiance en soi, du développement psychique, de la réalisation, et de l'individuation. Mais tous les rêves n'y conduisent pas. Les rêves de n'importe quel rêveur n'ont aucun pouvoir. Toutefois même les rêves ordinaires ont leur utilité. Les rêves qui amènent au pouvoir sont ceux où l'on peut choisir, contrôler la situation, où l'on peut changer les choses. »

« Comment peut-on changer les choses en rêvant ? »

« Les choses changent quand on les regarde. Pour cela il faut savoir retenir son attention. Savoir utiliser sa volonté. Ce qui n'est pas chose aisée pour celui qui n'a jamais appris à le faire. Déjà dans la vie quotidienne il est très difficile d'être vigilant, en rêve c'est encore pire. Et on rêve comme on vit. Celui qui ne fait pas attention dans la vie courante, ne pourra pas retenir son attention dans ses rêves. »

« Pourtant, dans mes rêves, chaque fois que je tente de concentrer mon attention sur quelque chose, son image se dérobe. »

« C'est parce qu'on ne possède pas assez d'énergie pour retenir les choses. Ainsi, la perception que nous avons en rêvant est accélérée, mais il nous est impossible de réfléchir à ce que nous faisons, ou voyons, tant que l'on ne possède pas suffisamment de pouvoir. La concentration lucide n'est possible que sur une seule chose à la fois. Ce qui nous rend forcément vulnérable, d'où la nécessité d'une plus grande attention que dans le monde de veille.

Dans le rêve, tout se passe à l'inverse d'ici. Pour garder une image nette, il ne faut rien fixer. Dans notre univers quotidien, plus tu fixes quelque chose du regard et plus son image se précise. Plus ton attention est forte, plus tu peux saisir d'images en même temps. Dans nos rêves, nous ne pouvons concentrer notre attention que sur une seule chose à la fois. Sinon tout devient flou et s'évanouit. »

« Tout le monde ne possède pas la même énergie ? Tout le monde ne rêve-t-il pas de la même façon ? »

« Tout homme a un double avec lequel il rêve, mais tous ne savent pas s'en servir avec intention. Rêver, cela s'apprend. Tout d'abord, on apprend à élaborer le rêve, c'est-à-dire à retenir des images, pour pouvoir les retrouver par la suite, et que l'on ne soit pas sans cesse en train de sauter d'une situation à l'autre, sans le vouloir. Puis, on apprend à se mouvoir, en faisant appel à sa volonté. La plupart des hommes ont de grandes difficultés à se déplacer correctement dans leurs rêves, dans les rêves de pouvoir, quand ils y ont accès. Quant à s'en souvenir au réveil n'en parlons pas !

Toi, tu sembles en être déjà capable, même si tu ne sais pas comment cela se produit. Parce que dans le rêve on agit avec sa volonté, mais non rationnellement. Cela te permet de pouvoir explorer de nombreux mondes, de rendre visite à des mystères qui dépassent l'entendement, et les perspectives de ta raison. Même si tu ne t'en souviens pas toujours.

Rêver fait sauter les barrières qui nous restreignent à ce monde. Les rêves ont le pouvoir de nous conduire à la liberté. Celle de nous faire quitter le domaine humain et de nous faire percevoir des mondes au-delà de toute imagination. Cependant tu n'es pas assez fou, c'est-à-dire encore trop rationnel, pour aller plus loin dans l'exploration de ces mondes. De plus tu n'es pas encore capable d'établir un lien entre ta conscience de rêve et ta conscience du monde quotidien. »

« Parce qu'il est possible de s'aventurer aussi loin dans les rêves, et de dépasser les frontières du monde des hommes, aussi subtiles fussent-elles ? »

« Oui, bien sûr ! Quand ce noyau de sapience, ce centre de rationalité conférant le sens de la mesure est absent, il n'y a plus aucune limite aux rêves. Mais pour s'aventurer aussi loin dans les profondeurs obscures de la non-rationalité, il faut être fou. C'est-à-dire, avoir quitté les normes du mental, être détaché de tout ce qui peut retenir à la condition humaine et n'avoir plus la moindre trace d'importance personnelle.
Dans ton cas, cela t'est encore impossible. Tu t'attardes trop à rechercher des raisons, un sens rationnel à tout ce qui t'entoure, pour t'avancer plus loin dans l'inconnu. »

« Et tant mieux. Même si tout ceci n'est qu'un rêve, cela paraît trop effrayant... »

« Tout ceci n'est encore pour toi qu'un rêve, parce que tu t'accroches avec frénésie à la vision de tes pensées... Mais aussi parce que tu n'es pas capable d'accéder à la vision magique en état de veille, avec ta conscience physique. Tu demeures prisonnier de ton corps. Et pourtant, le corps sait des choses que la conscience ignore. Il n'est pas toujours nécessaire de penser à toutes ces choses quand celles-ci sont passées sous le seuil de la conscience. Si on devait penser à tout, cela deviendrait un fardeau, car notre mémoire serait saturée. Comme lorsque tu veux faire un geste, tu n'as pas besoin de décomposer le mouvement dans son entier, de réfléchir à chaque muscle impliqué. Il te suffit d'en connaître la finalité pour y parvenir. Tout se fait automatiquement. De même, le corps est capable de résoudre des énigmes sans que l'intellect puisse s'y opposer, alors qu'il n'aurait pas su comment faire. »

« Mais comment pourrait-on faire pour avoir conscience de tout ce que le corps sait, et pouvoir le diriger comme on le souhaite ? »

« Il n'y a rien à faire. Ou alors, demande-lui ce que tu veux savoir, comme si tu posais la question à un interlocuteur en face de toi, ha ha ha !!!
Mets-toi à son écoute et fais ce qu'il te demande, mais n'interviens pas. Il te faut renoncer à vouloir diriger le corps, et le laisser faire. Même si tu parviens à en prendre conscience, cela ne servirait à rien.
Tout ce que nous vivons agit sur deux plans à la fois. Seule la vitesse de défilement des événements varie d'un plan à l'autre. Et tout ce que nous vivons s'inscrit dans nos souvenirs. Même si nous n'avons pas toujours pris conscience de certains événements, ceux-ci s'inscrivent dans la mémoire. Si tu parviens à accéder à ces souvenirs, alors tu sauras comment faire pour les traduire à ta conscience d'éveil... »

« Mais comment peut-on avoir accès à cette mémoire si on ne sait déjà même pas ce qu'elle contient ? C'est impossible ! »

« Justement, c'est là que tout devient possible. C'est simplement ton intellect, qui t'a appris à penser d'une seule façon, qui t'empêche de rendre la chose possible. Il suffit, en fait, de replacer son attention à la bonne place. Il faut pour cela accélérer ses perceptions qui arrivent en bloc, où la sensation est de tout capter en même temps, pour démêler l'inextricable masse de détails. Mais bien sûr, cela nécessite beaucoup d'énergie. Et tu n'en as pas encore assez. »

« Mais quel est le rapport avec les rêves ? »

« Le rêve est un moyen de faire revenir en mémoire ces souvenirs cachés, passés inaperçus de notre conscience d'éveil, sur cette autre réalité. »

« Cette autre réalité, ce serait comme un monde parallèle ? »

« Oui, si tu veux l'appeler ainsi, pourquoi pas. Mais tout ce qui se joue ici est lié à ce qui se passe dans cet autre monde. Et vice versa. C'est le corps qui en est le lien, tout en étant également le voile qui sépare ces deux réalités.
C'est pourquoi le bien-être du corps est une condition à cultiver, pour que celui-ci cesse de s'agiter éperdument en tous sens, ce qui a pour effet d'accaparer l'attention.
Or, l'attention est la clé de ces mondes. »

« Comment ça ? »

« C'est par la contemplation que l'attention se vivifie. Quand les pensées se taisent. Qu'elles n'accaparent plus l'esprit. Celui-ci devient alors silencieux. Cet état de silence mental est l'état que tu dois conquérir pour pouvoir contrôler tes rêves. Cela permet de déplacer l'attention au cours du sommeil afin de fixer les rêves, et ainsi de les rendre réels. »

« Mais quel intérêt y a-t-il à obtenir le contrôle de ses rêves ? »

« La maîtrise de ses rêves est un gain de temps. Elle permet d'utiliser tout ce temps généralement consacré à dormir, à pouvoir faire de nouvelles expériences, comme si on demeurait en état de veille, par l'utilisation d'un corps supplémentaire, tout en reposant le corps ordinaire. Cette maîtrise permet également de pouvoir changer de rêve à volonté. »

« Mais quel est le but de tout ça ? »

« Le but de rêver est de comprendre les lois qui gouvernent les mondes du dedans, afin de perfectionner son corps d'énergie. Tout ramène toujours à cette quête de l'énergie. Devenir impeccable pour accumuler toujours plus d'énergie. »

« Quand on rêve généralement on ne le sait pas. Ce n'est qu'au réveil que l'on s'aperçoit que c'était un rêve. Et lorsque cela m'arrive d'en prendre conscience en dormant, je n'y suis pour rien. Comment peut-on alors prendre conscience volontairement que l'on est en train de rêver ? »

« Il y a deux façons de se rendre conscient dans le monde des rêves : ou bien on est accompagné par quelqu'un de plus expérimenté qui connaît le moyen d'y accéder, ou bien on est capable d'y parvenir par ses propres moyens. Apparemment, tu n'as besoin de l'aide de personne et cependant, tu n'es pas totalement conscient de ton propre pouvoir. Car tu es capable de t'éveiller dans ton rêve, et de t'en souvenir, sans être capable de t'y rendre délibérément, et encore moins depuis ton corps de veille.
Le jour où tu parviendras éveillé à la vision magique, bien que cela ne soit pas obligatoire d'en passer par là, je pense, tu seras délivré de la dictature de la pensée sur ton esprit. Cela surviendra lorsque tu auras récapitulé dans ton corps d'éveil ce que tu vis en songe. Et que tu seras parvenu à réunir les deux visions du monde, la vision intérieure et la vision extérieure.
La fusion de ces deux réalités, celle du rêve et celle de tous les jours, est possible quand tu es capable de revenir à volonté sur toutes les positions d'attention occupées par ton esprit, dans un état comme dans l'autre. Mais attention, il faut savoir que cet accomplissement est un exploit remarquable ! »

« Qu'est-ce que cela veut dire : récapituler sa vie ?
Comment fait-on ? Et pourquoi ? »

« La récapitulation est le rappel des divers événements de notre vie dans les moindres détails. Certains te diront même de toutes tes vies. Ce rappel est lié à la respiration. C'est une technique qui se fait automatiquement le moment venu, mais cela peut aussi se provoquer. Elle permet de revoir sa vie pour l'effacer.

Toutes nos pensées, toutes nos émotions, se projettent en dehors de notre corps pour tisser une toile qui nous entoure et finit par nous enserrer, nous retenant prisonnier, telle une mouche prise dans une toile d'araignée. En rappelant les souvenirs, nous dénouons ces fils un à un, rattrapant nos pensées abandonnées pour les en nettoyer, ainsi que pour expulser celles laissées par les autres en accrochant notre toile. Cela permet de faire écrouler le monde... »

« Mais pourquoi veux-tu faire écrouler le monde ? »

« Pour le reconstruire, évidemment ! Si tu ne détruits pas ce qui existe déjà, tu ne peux le remplacer, comprends-tu ? »

« Euh... oui. »

« Récapituler est vital. La récapitulation libère l'énergie que nous emprisonnons en nous. Sans cette énergie, le rêve comme la vie ne sont plus possibles. Si nous ne récapitulions jamais nous ne pourrions plus avancer, nous ne pourrions plus vivre.

La récapitulation est quelque chose qui ne s'arrête jamais. Tout au long de notre existence nous ne cessons de récapituler, même si ce n'est pas toujours consciemment. Nous évacuons nos souvenirs encombrants. Mais certains moments sont plus importants que d'autres. Il arrive qu'une fois ou deux au cours de l'existence, nous devions effectuer une récapitulation complète et consciente. Il s'agit alors d'un grand tournant dans la vie de l'être à qui cela arrive, d'un passage de transition vers une conscience plus vaste. Un moment de grande transformation qu'il ne faut pas manquer. »

« Que faut-il faire pour récapituler consciemment ? »

« Cela nécessite beaucoup d'énergie. »

« Que faut-il faire alors pour avoir plus d'énergie ? »

« Il faut être impeccable. Avoir une vie impeccable permet d'accumuler beaucoup d'énergie. Et quand on a beaucoup d'énergie, on peut faire beaucoup de choses. Dès que tu auras suffisamment d'énergie, ta mémoire pourra fonctionner.
Quant à savoir quand cela se produira pour toi, je ne puis te le dire. Cela ne dépend que de toi. De ta compréhension non-rationnelle de ce vécu. Ainsi que de ton lâcher prise sur toutes les habitudes obsessionnelles mentales auxquelles tu es soumis quotidiennement. Or tu es encore trop rationnel pour que je puisse le savoir. Plus vite tu lâcheras prise, plus vite tu pourras y parvenir. Mais attention, cela ne veut pas dire qu'il faille tout précipiter. Il ne sert à rien de se dépêcher à tout prix. La maîtrise de son vécu doit également conférer la patience. Une patience sans fin fait partie des attributs des hommes de connaissance. »

« Mais c'est de la folie !... »

« Et oui. Tu n'es pas fou, et pourtant tu es fou. »

« Mais je ne veux pas devenir fou.

Je n'ai rien voulu de tout ce qui m'arrive là.
Je n'ai rien demandé à personne.
Je veux rester moi, c'est tout.
Pourquoi est-ce que tout cela m'arrive, à moi ? »

« Allons, allons, mon garçon, ressaisis-toi !
Cela ne sert à rien de s'apitoyer sur soi. Ce n'est pas du tempérament d'un homme qui marche à la connaissance. Ce chemin exige au contraire le contrôle de soi dans un total abandon.
Tu ne dois pas t'abandonner à la folie, mais à la maîtrise de soi-même. Pour cela, ce n'est pas dans la folie ordinaire qu'il te faut plonger. Au contraire, tu dois t'en soustraire. Pour te laisser aller à la douce folie des hommes de connaissance, à la folie dirigée.
Ce n'est que dans un esprit sain que la conscience peut se développer.
L'accès à la connaissance n'est folie qu'en comparaison de la « norme », or ce qui est normal aujourd'hui est loin de maîtriser l'Intelligence.
Tous les actes des hommes sont des actes de folie, même ceux d'un érudit. Cependant, si tu ne crois pas en ce que tu fais, tu deviens capable de diriger ton action, et la folie qui l'accompagne. Au lieu d'être dominé et dirigé par celle-ci. Ainsi, tu peux faire tout ce que tu veux en te servant de ta maîtrise pour ne pas t'y intéresser, et ne pas être emporté par ce que tu fais. Tout devient possible. Parce que ça ou autre chose, après tout, quelle importance ! »

« Mais je n'ai rien voulu de tout ça ! Je ne veux pas spécialement de cette connaissance . Ça me fait peur ! »

« Bien sûr que tout cela peut paraître effrayant. Et ça l'est !... »

« C'est pourquoi je n'en veux pas !... »

« Bah, tu sais, on sait des choses sans les savoir. Ton corps d'énergie connaît ces choses. Il a une sacrée avance sur toi. Il est bien plus connaissant des mystères de l'univers que ta conscience d'éveil ne pourrait le supposer. C'est lui qui te pousse à en connaître davantage. À ce que tous ces souvenirs remontent à la surface. On ne peut rien contre cela. C'est parfois le corps qui décide, la mémoire inconsciente inscrite dans tes cellules. Quand tu es prêt, tu dois le faire. Quoi que tu veuilles. L'inconscient décide.

Laisse ton corps savoir, peu importe si ton intellect ne comprend pas, ou ne veut pas, cela ne sert à rien de toute façon.

C'est tout à fait normal que tu aies peur, et que tu ne veuilles pas avancer plus loin sur le chemin de la connaissance, au stade où tu en es. Personne ne le souhaite. Cela se produit tout seul, sans qu'on n'y puisse rien. Même si tu ne comprends pas pourquoi. Ce n'est qu'une fois que tu auras su arrêter le dialogue jacassant de ton esprit que tu comprendras cela, sans le comprendre. Par intuition. Mais jamais on ne décide par soi-même de ces choses-là.

Seul un insensé, ou un présomptueux, entreprendrait cette démarche volontairement. C'est par la ruse ou l'obligation qu'on nous met sur la voie. Si on ne trichait pas avec nous, si on ne nous y forçait pas, jamais nous n'apprendrions. Jusqu'à ce qu'on en sache suffisamment pour poursuivre par soi-même. »

« Mais même si je ne désire pas tout ce qui m'arrive, je ne veux pas sombrer dans cette folie. Je veux conserver toute ma raison ! »

« Bien sûr que tu ne dois pas perdre ta raison, mais au contraire la renforcer pour qu'elle renonce à sa maîtrise sur ton esprit, à son hégémonie. Il te faut la renforcer et l'adapter, sans renoncer à son existence, pour accepter l'idée qu'il existe autre chose que ce que tu vois avec tes yeux, quelque chose d'inexplicable. Et pour comprendre cela, tu as besoin du mental rationnel, quand tu es positionné sur ta conscience normale. Ce n'est qu'en état de conscience supérieure que tu peux percevoir le grand mystère de l'univers, mais jamais l'expliquer.
C'est pourquoi tu as accès aux deux formes d'enseignement, une dans la vie de tous les jours, et une autre à travers tes songes. La première pour t'apprendre les concepts nécessaires à la compréhension de la seconde, plus abstraite, qui s'inscrit dans ta mémoire en attendant le jour où tu seras prêt à les comprendre. »

« C'est vrai que dans mes rêves, je possède une conscience plus aiguë, que je suis incapable de retrouver au réveil. C'est comme un état de sur-conscience, assez agréable du reste, pendant lequel je peux tout comprendre sans grands efforts. Je me vois accepter des explications, que je trouve même parfois naturelles et qui, une fois réveillé, me paraissent inconcevables. Mais cet état m'apparaît plus comme un rêve étrange, trop intense pour ma conscience normale. Pourquoi ? »

« C'est comme ça ! Tout simplement. Il n'y a rien à

redire à cela. Ne cherche pas toujours d'explications à tout. Parfois, il n'en existe pas. »

« Mais j'ai besoin de savoir... »

« Savoir n'est pas comprendre. Toutefois je comprends ton désir de vouloir tout comprendre. Pour ta raison, c'est naturel. Tu en as besoin pour garder ton équilibre mental, jusqu'à ce que tu aies pris conscience de la totalité de ton être. Alors tu comprendras que ta raison ne peut expliquer l'inexplicable, tout juste le décrire.
C'est pourquoi tu dois encore garder l'impression que tu existes, que ton moi existe. Il te faut juste vivre avec un peu plus de modération et de sobriété. Car tu n'es pas encore entier, tu n'as pas acquis la paix intérieure. »

32
Légendes

Le vieil homme fit une courte pause, sembla réfléchir, comme s'il cherchait ses mots, puis il reprit :

« Comprends-tu un peu mieux, à présent, ce qu'est le monde, et ce que sont les rêves, ainsi que leurs rapports ? Tout n'est qu'un jeu de l'esprit. Ces mondes sont des créations de cet esprit universel. Comme le dirait le faune de ton songe, les mondes sont les rêves des dieux. Notre monde matériel n'est qu'un rêve concrétisé, un rêve de masse partagé, celui de l'esprit de tous les individus réunis en Un, vivant en lui dans ce monde. L'univers est le songe de la divinité, le rêve d'une Intelligence Unique, et le rêveur n'est autre que ce que les hommes nomment Dieu. »

Il termina sa phrase avec un grand sourire, comme quelqu'un de satisfait de la formulation de ses explications. Quant à moi, je demeurais dubitatif, mais toutefois apaisé.

Je remarquai même qu'en me souriant ainsi, les traits de son visage se modifièrent légèrement. Je crus y déceler une expression qu'aurait pu prendre le faune dans mon rêve. Cette impression fugitive s'évanouit au moment même où je la décelais. Je la mis alors sur le compte de mon imagination. Toutefois, cela m'avait suffisamment ébranlé pour que j'y pense encore quelques instants.

J'avais également remarqué chez le vieil homme autre chose qui m'intriguait. Tandis qu'il me parlait, il ne me regardait presque jamais, mais il semblait fixer quelque chose au-delà, par-dessus mon épaule. J'allais l'interroger dessus, quand il reprit la parole, ne me laissant pas le temps de formuler la question.

« Ce qui t'est donc arrivé, c'est qu'en ouvrant ta perception au monde non-rationnel, tu l'as élargie. Tu es entré dans un repli de la conscience, ce que tu appelles ton songe, et tu vis un épanchement de ce songe dans la vie réelle. »

« Et n'est-ce pas dangereux cette vision ? Ne risques-je pas de me couper des autres, qui ne vivent pas la même réalité que moi ? Ils vont me prendre pour un cinglé ! »

« Au pays des aveugles, celui qui voit sera taxé de folie ! Il existe là effectivement un double danger : celui d'être rejeté par les hommes qui seront sans aucun doute effrayés par une telle attitude ; ainsi que la menace que représentent ces forces sauvages, nouvelles et inconnues, avec lesquelles tu traites.

C'est pourquoi ce chemin est un chemin de solitude. On l'emprunte seul, avec rien d'autre que sa folie. Séparé des autres par cette lucidité de la conscience qui fait que l'on ne peut pas partager ses expériences avec autrui. Séparé par une masse de brume isolant les uns dans la clarté de leur folie dirigée, et les autres dans le brouillard de leur folie manipulatrice qui les dirige. Car qui croyait prendre est pris à son propre jeu. »

« Mais je ne veux pas de la solitude. J'aime la compagnie des autres. »

« Tu peux être seul sans être solitaire. De toute façon, nous sommes toujours seuls, quoi que nous fassions. Seuls parmi la foule, dans ce monde hostile, entourés par l'illimité. Notre but est de survivre à ce monde pour aller plus loin, toujours plus loin vers l'Inconnaissable. Pour cela il nous faut rassembler suffisamment d'énergie afin de quitter le monde humain. L'hostilité du monde nous sert de tremplin, pour ne pas s'y attacher. Il est ainsi plus facile de le quitter, de rompre ses attaches. Si on est détaché de tout, on peut disposer de l'énergie qui permet la liberté. »

Je dus avoir une expression terrifiée, car aussitôt le vieil homme chercha à me rassurer.

« Mais ne t'inquiète pas, tu apprendras à gérer tout cela. Il y en a eu bien d'autres avant toi, et il y en aura encore d'autres après, qui sont passés et passeront par là. Certains s'en sortent très bien et d'autres non. C'est une question de Volonté. Et d'Amour. »

« Mais on n'en parle jamais de ces gens-là ! »

« Non, justement. Et pour cause. Ils se feraient taxer de folie. Ou alors, ils utilisent un code pour en parler. Ils voilent leurs connaissances par des artifices que seuls d'autres initiés peuvent comprendre. D'ailleurs, c'est pour cela que les contes et les légendes ont été inventés. Ils décrivent tous ces mondes de conscience que tu as visités. Les mondes de l'inconscient collectif.

C'est dans ce vaste inconscient échu à l'humanité entière, des quatre coins de la planète, que puisent les mythes, rêves et hallucinations. Cette source est commune à tous les peuples de la Terre. Voilà pourquoi on retrouve les mêmes thèmes chez toutes les peuplades, même si celles-ci sont séparées par des océans, par des milliers de kilomètres. L'inconscient se fiche du temps et de l'espace. Il peut choisir dans cette source les images que la psyché s'efforcera de retransmettre au soi conscient, s'évertuant à le rendre meilleur, plus sain, pour qu'il se souvienne de ce qu'il a oublié en venant au monde, afin de s'élever spirituellement. »

« Comment peut-on reconnaître ce qui provient de l'inconscient, de ce qui arrive déformé, récupéré par le conscient ? »

« L'inconscient ne parle pas le même langage que celui que nous utilisons habituellement. Il parle la langue des mythes et des rêves. La langue de la psyché, langage perdu et oublié, dévoile des idées non-rationnelles inaccessibles à l'intellect humain ordinaire non entraîné à sa reconnaissance, un intellect ayant encore recours aux concepts pour s'expliquer le monde. C'est un moyen de communication construit avec des symboles. Non avec des mots, comme ceux que les gens emploient pour communiquer entre eux. C'est le langage de la poésie. Dans la poésie, les mots n'ont pas un sens unique. Ce sont les cadences, les sonorités et les rythmes, tout comme en musique, qui éveillent en nous une foule d'images. Celles que leur auteur a voulu donner ou une autre. Cela n'a pas d'importance. Et les sensations que l'on perçoit au travers des symboles poétiques sont du pur non-verbal.

C'est pourquoi la poésie n'intéresse plus grand monde aujourd'hui. Ou bien elle est récupérée par l'intellect, et construite sur ses nouvelles bases.

Autrefois, les gens étaient beaucoup plus émotionnels qu'aujourd'hui. Les mots étaient très puissants. Et la magie prenait une part beaucoup plus importante dans leur vie. Ils se laissaient facilement emporter par les récits, et toutes les images qu'ils véhiculaient. Ils observaient la nature et tiraient des conclusions pratiques pour leur vie quotidienne. Mais aussi pour une spiritualité qui s'est aujourd'hui perdue. Les anciens avaient une conception très réaliste de la perception provenant de l'observation de leur environnement. Aujourd'hui les nouvelles conceptions reposent sur l'ordre social, une façon très irréaliste de concevoir le monde.

Désormais l'intellect veut tout comprendre, tout disséquer... L'homme veut tout savoir pour mieux contrôler. Or, il n'y a rien à comprendre. Les explications ne servent à rien. À rien d'autre qu'à rendre le monde plus familier, mais aussi plus complexe, confus. Car plus on explique les choses, plus celles-ci se complexifient. Plus on cherche à les comprendre, et plus on les module à nos croyances, pour les rendre conformes à nos habitudes de pensées. »

« Vous prétendez que le monde n'est pas comme nous le percevons ? Pourtant, toutes les expériences scientifiques permettent de mieux appréhender ce monde dans lequel on vit, d'en améliorer sa compréhension et son vécu. »

« Je ne prétends rien, je constate simplement. C'est vrai

que le monde est tel qu'on le perçoit. Mais on peut le percevoir différemment. Chacun d'entre nous regarde le monde à sa manière et ne voit que ce qu'il veut bien voir. Cela s'applique aussi bien aux mystiques qu'aux hommes ordinaires. Ce qui ne le rend pas moins vrai pour autant. Les preuves « scientifiques », comme tu les appelles, ne font que nous conforter dans notre confiance en ce monde et en nous-mêmes. Cela nous rend plus intense le sentiment de connaître le monde et ainsi de pouvoir le prévoir.

Cependant, c'est un mensonge. Car cela nous permet de mieux le concevoir uniquement sous un certain aspect, négligeant par là-même les autres. Et donc, le fait de croire le connaître nous empêche de le connaître. Cela ne fait que nous rendre rigide et stationnaire. »

« Mais comment est-il possible de voir le monde autrement ? Et si c'est possible, comment se fait-il que nous le voyons tous de la même façon ? »

« Nous percevons tous la même chose parce que nous sommes parvenus à bloquer notre attention sur le même niveau. Tous les points d'attention de l'humanité sont fixés au même endroit. La conscience de nombreux êtres maintenue avec intention sur le même point d'attention rend la perception suffisamment solide et fixe pour que celle-ci demeure inchangée et paraisse vraie. »

« Et cette position est, et a toujours été la même pour l'humanité quelle que soit son origine ? »

« Non, elle varie mais dans une moindre mesure entre les peuples, jusqu'à ce que ceux-ci entrent en contact. Plus

les rapports entre les peuples sont étroits et moins il y a
de différences. Et elle varie également d'une époque à
l'autre, sur de très longues périodes. »

« Vous voulez dire qu'avant les gens voyaient le monde
différemment, en plus de tous les changements de société
et de culture ! »

« Autrefois, les choses étaient perçues différemment.
Mais ces hommes n'avaient pas plus tort ou raison que
ceux d'aujourd'hui. Seulement les perceptions étaient
différentes parce que le positionnement de l'attention
était placé ailleurs. Et demain il sera encore autre. Ce qui
nous permettra de voir le monde sous un nouvel angle. »

« Cette position est-elle naturelle pour tous les êtres ? »

« Non, elle est due à notre éducation. La grande faculté
des hommes est dans leur éducation. Elle permet en effet
de bloquer l'attention sur sa position habituelle.
Avant cela, la position n'est pas fixe et peut se déplacer
d'un niveau à l'autre très facilement. Un nouveau-né, par
exemple, ne voit pas le monde comme nous le voyons. Sa
vision change constamment. Elle passe d'un monde à
l'autre continuellement. Parce que son point d'attention
n'est pas encore maintenu fermement à la même place.
C'est au contact des autres hommes, des adultes, qu'il va
fixer cette attention sur un seul niveau, petit à petit. Et
cela très tôt. Trop tôt pour que le nourrisson puisse
exprimer ses autres visions.
Grâce à notre éducation, nous avons tous la même vision,
ce qui nous permet d'échanger des informations entre
nous sur ce que nous voyons, sans quoi chacun vivrait

dans son monde, replié sur soi-même, et personne ne pourrait rien communiquer à autrui, tous étant couper du reste du monde, comme isolés dans leur bulle. »

« Il existe pourtant de tels hommes, non ? »

« Oui, certains hommes se sont enfermés dans une nouvelle vision, les coupant des autres. On en trouve beaucoup dans les hôpitaux psychiatriques. Ils n'ont plus la même perception du monde. Cela peut prendre toutes sortes de formes, des plus banales aux plus dramatiques. Ils vivent dans un autre monde, persuadés que ce qu'ils voient est la réalité. »

« C'est effrayant ! »

« Je ne sais pas. En tout cas, c'est ainsi que le considèrent la plupart des gens, et c'est pourquoi on les enferme. »

« C'est donc un sacré avantage que nous ayons tous la même vision ! »

« Oui. Mais comme toute médaille, elle a son revers. Le défaut de cette faculté, c'est qu'en rendant le monde identique pour tous, elle ôte la possibilité aux hommes de pouvoir percevoir autre chose que ce qui est commun à tous, reconnu et défini comme étant l'unique réalité. »

« Comment peut-on faire alors pour avoir de nouvelles visions, pour percevoir le monde autrement ? »

« Par un déplacement volontaire du point d'attention. Mais cela nécessite beaucoup d'énergie, une grande maîtrise de soi et une fluidité extrême que rien n'entrave. »

« Mais comment fait-on pour posséder suffisamment d'énergie ? Tout le monde n'en a-t-il pas autant ? »

« Je te l'ai déjà dit : il faut être impeccable. C'est-à-dire vivre avec modération et sobriété. Pour accumuler de l'énergie, il est nécessaire de façonner la conscience, en élaguant tout le superflu qui encombre notre vie d'homme. Car c'est incroyable ce que les gens dépensent comme énergie pour des futilités. Il est important pour cela de se débarrasser de tous ces travers qui gaspillent notre énergie. Alors, et seulement alors, on peut acquérir suffisamment d'énergie pour atteindre et maintenir le corps d'énergie, en rehaussant et en élargissant la portée de ce qui peut être perçu. »

« Quelle est la différence alors avec les malades dans les asiles ? »

« Dans le cas des malades mentaux il s'agit d'un problème, parce que cela leur est arrivé par accident, et qu'ils n'ont aucune maîtrise sur ce qu'ils vivent. Ils sont incapables de distinguer les deux réalités vécues simultanément. Leur corps est dans un monde, tandis que leur esprit est ailleurs.
Il en va de même avec les drogues. L'absorption de certaines substances peut aider l'homme à entrer dans un autre monde. Le problème est qu'il n'a alors aucun pouvoir sur ce qui lui arrive. Il est dépendant de la substance, jusqu'à son retour dans sa conscience normale dès que l'effet de la drogue se dissipe. Il est alors

incapable de retourner de lui-même dans le monde qu'il vient de quitter. Il vit son expérience comme une hallucination. De plus, les drogues ont souvent des effets toxiques pour les cellules corporelles, détériorant le corps d'énergie, et créant une dépendance insupportable vis à vis de ces substances.
Le grand pouvoir des hommes de connaissance, comme des sorciers, c'est qu'ils peuvent changer de positionnement à volonté, sans que cela ne nuise à leurs corps. »

« Tout le monde est-il capable d'effectuer ce changement ? »

« Tout le monde en a la potentialité, mais bien peu en sont capables actuellement. Cela demande trop d'efforts, et d'énergie. Bien plus que n'en possèdent la plupart des gens. Et leurs croyances les empêchent de pouvoir considérer cela comme une réalité. Les hommes s'accrochent avec trop de frénésie à leur raison pour pouvoir l'abandonner ne serait-ce qu'un bref instant. »

« Mais, ne peut-on rien faire pour cela ? »

« Si. Il suffit d'un peu d'intention. Et de beaucoup de persistance. La persistance est la clé de la victoire sur le mental réducteur. Aucune défense ne peut rien contre elle.
Mais les hommes préfèrent satisfaire leurs fantasmes et s'abandonner à la raison, source inépuisable de complaisance, que de mener une vie d'impeccabilité. »

« Bien sûr, car pour un homme attaché à ses pensées,

quel intérêt y aurait-il à tout abandonner ? »

« La liberté !!! »

Comme sa réponse enthousiaste ne semblait pas faire écho chez moi, le vieil homme tenta de s'expliquer.

« La liberté, car lorsque nous agissons avec conscience et impeccabilité, l'intention devient notre amie. Sinon, on en demeure esclave. Elle fait de nous ce qu'elle veut. Elle commande nos actions. Toute notre vie lui est soumise. Et même notre mort. Car c'est elle qui organise la mort et la crée de toute pièce. La vie de tels hommes ne consiste qu'à devenir vieux ! »

Mon expression ne changea guère.

« La liberté est ce qu'il y a de plus gratifiant, or l'homme se laisse détourner de la liberté par des tas de futilités. C'est pourquoi il faut faire preuve d'intention et de volonté. Avoir l'intention demande beaucoup d'imagination, de la discipline, des efforts et un but. Mais quand on a l'intention, on devient inflexible. Plus rien ne peut nous détourner, et on peut tout détourner. »

« Un tel homme doit être quelqu'un de remarquable ! »

« Oui. C'est pourquoi personne ne le remarque. Parce que celui qui n'a pas assez d'énergie ne peut concevoir un aussi grand pouvoir. Seul celui qui vit l'énergie peut le percevoir. Pour les autres c'est de l'abstrait, une affaire qui n'a pas de sens, qui n'existe pas. Une invention. C'est pourquoi un homme qui a beaucoup d'énergie est un homme de connaissance, parce qu'il peut réfléchir l'abstrait. Il reflète l'esprit mieux que quiconque. Il est un miroir intraitable pour les autres. Un miroir qu'il nettoie sans cesse afin qu'aucun reflet ne soit altéré. »

« Comment fait-on pour y parvenir, si cela ne peut se concevoir ? »

« Oh, ce n'est pas nous qui décidons de ces choses ! C'est le corps d'énergie qui décide quand on est prêt pour l'aventure.
Au début, il s'agit d'une aventure incroyable, inaccessible. On ne peut même pas y penser. Puis, cela commence à nous arriver et alors, ça devient sérieux. On n'a aucune preuve de l'existence de cette force qui nous pousse de l'avant, mais on sait qu'il y a quelque chose. Quelque chose que l'on n'avait pas senti jusque-là. Jusqu'au moment où l'on devient capable de voir son corps d'énergie et toute l'énergie qui circule dans l'univers. »

« Que se passe-t-il alors ? »

« Alors, on devient capable de « voir » le monde, parce qu'on sait comment changer les niveaux de sa vision. »

« C'est-à-dire ? Qu'arrive-t-il concrètement quand on parvient à changer les fréquences de nos perceptions ? »

« Quand on change le niveau de notre attention, de nouveaux mondes sont perçus. Mais au début tout se fait dans le pire chaos. Car il faut un temps d'adaptation à la nouvelle vision pour se réorganiser en quelque chose de compréhensible. Ce sont des tas de fibres lumineuses qui traversent notre conscience sans que cela n'ait aucun sens. Notre système d'interprétation est dépassé, et inopérant. Jusqu'à ce que les informations retrouvent une certaine cohérence dans notre esprit qui, de lui-même, parvient à réorganiser le tout en accord avec le nouvel état de conscience.

C'est la maîtrise de soi qui permet de réorganiser la perception et de fixer l'attention sur un nouveau point d'ancrage. Mais, quel que soit le positionnement, il ne s'agit toujours que d'une description, aussi « spirituelle » soit-elle. Le piège à éviter est de ne pas rester prisonnier de cette nouvelle représentation du monde. D'ailleurs, dans le cas d'une description d'un haut niveau spirituel, haut niveau parce qu'elle demande un plus grand apport d'énergie pour y parvenir, tel que le vivent les soi-disant « réalisés », il y a un grand danger. Plus élevée est la vision, et plus le piège est grand. Car il est encore plus facile de se complaire et de s'engluer dans un monde proche d'un idéal, au milieu d'une ribambelle d'anges, que dans un enfer duquel on tenterait par tous les moyens de s'échapper. »

« Que faut-il faire alors pour éviter le piège ? »

« Ne croire en rien. Être ouvert à toute possibilité. Laisser agir la vision, se laisser emporter jusqu'à ce que le monde cesse d'exister, pour « voir » en même temps toutes les différentes représentations possibles, en ne s'attachant à aucune. Le monde est toujours là, mais il cesse d'exister sous une forme ou sous une autre. *Voir* chasse toutes les illusions. Il chasse aussi bien l'illusion de la victoire que celle de la défaite, ou de la souffrance. *Voir* ne produit

pas forcément des images. Chacun *voit* à sa façon. Mais seul l'homme qui *voit* ressent les choses telles qu'elles sont. Toutes les perceptions deviennent des représentations d'égale importance.
Il faut donc savoir faire taire son mental pour *voir* tout cela. Tant que l'on cherchera une explication intellectuelle à tout ce qui nous entoure nous ne pourrons voir le monde tel qu'il est. Il restera nébuleux, obscur. »

« Pourtant, la raison trouve toujours un moyen de tout éclaircir. »

« Oui, mais de son point de vue uniquement. Oubliant qu'elle n'est positionnée que sur un point de vue. Que de ce point de vue elle n'embrasse pas le reste. C'est là le piège !
La raison ne peut rien concevoir, ainsi, en dehors de ses paramètres.
Toute spéculation échafaudée sur la réalité des choses de ce monde n'est que pure manipulation de l'intellect. Le problème des hommes d'aujourd'hui, c'est qu'ils sont enchaînés à la raison. Ils veulent tout comprendre, or ceci est impossible. Pourtant, ils persistent et signent, en se persuadant qu'ils peuvent y parvenir. Ils développent leurs sciences du savoir, fondées sur la raison, et sur les perceptions erronées des sens, parce que limitées. Ils séparent chaque chose du reste pour mieux l'analyser. Ce qui revient à ne rien connaître du tout, toute chose étant dépendante et inséparable du reste. Sauf pour les laboratoires. »

« On a étudié à l'école l'œuvre d'un philosophe qui a écrit que : « *Science sans conscience n'est que ruine de l'âme.* »

« Oui, c'est juste, dans un certain sens. Donc, commençons par développer la conscience, et alors la science de l'être se fera jour d'elle-même, sans que nous ayons besoin de forcer ses grilles. Et je rajouterais qu'avant ton bonhomme, un autre penseur, considéré comme l'un de nos plus grands philosophes, avait aussi affirmé : « *La seule chose que je sache, c'est que je ne sais rien, et se faisant je suis plus sage que les autres.* »

« Qu'est-ce que cela veut dire ? »

« Cela sous-entend que la seule chose vraiment connaissable depuis ce monde est l'immense étendue de notre ignorance. Et il vaut mieux ne rien savoir que de croire tout savoir. »

« Mais si on agissait ainsi, on n'avancerait pas. Comment pourrait-on découvrir le sens de la vie si on ne croit pas en quelque chose ? »

« Avancer pour aller où ? Tu veux découvrir le sens de la vie, mais peu importe le sens des choses. Les explications n'ont aucun intérêt, car seule l'action compte. Ce que tu entreprends, et comment. Peu importe si c'est vrai ou non. L'avantage d'un homme de connaissance sur un homme ordinaire, c'est qu'il ne se soucie pas de ces choses, de savoir ce qui est vrai et ce qui est faux. Quoi qu'il en soit il agit. Un homme de connaissance vit en agissant, et non en pensant agir. Tandis que l'homme qui est soumis à son jugement n'agira que si cela est conforme à ses pensées et en fonction de ses propres appréciations. Il n'est donc pas libre d'agir en toute circonstance.

Si tu cessais un peu de chercher toujours, en tout et partout, une raison d'exister, cela te conférerait une plus grande liberté. Déjà, tu n'aurais plus de compte à rendre à personne, ni à ta famille, ni à tes amis, ni à toi-même. Tout deviendrait sans importance, ou avec une importance égale. Les explications n'auraient plus de sens et donc, tu ne dépendrais plus des pensées pour vivre.

Aucune pensée n'est de nous, toute idée est reçue. Donc peu importe ce que nous croyons, ce que nous voyons. Il vaut mieux sentir les choses, car la sensibilité est plus intime que la pensée qui est commune à tous, fabriquée par l'ensemble des individus. »

« Mais il est impossible de ne pas penser, de ne pas réfléchir sur ce que nous voyons. »

« On devrait toujours s'en tenir au niveau de la description de ce que nous voyons, mais je sais bien que la tentation d'expliquer, même pour soi, s'avère bien trop forte pour y résister.

Mais ce n'est pas un problème. C'est l'évolution. La spirale ascendante. Et de là où nous nous trouvons sur cette spirale, les impressions peuvent être trompeuses.

Tout dans l'univers n'est qu'un incommensurable mystère. Du plus petit caillou au Cosmos tout entier. Et l'homme n'échappe pas à la règle.

Mais pour en revenir au langage dont nous parlions tout à l'heure, si tu veux comprendre les rapports de l'homme avec la nature, ainsi que l'inconscient, il te faut apprendre leur langue secrète. Et alors, plus rien ne te paraîtra mystérieux. Une grande partie de toi-même t'y sera révélée. »

Le vieil homme fit une courte pause. Ses yeux clairs semblaient chercher quelque chose dans le lointain, comme un signe, un assentiment pour continuer. Il huma l'air par deux fois avant de reprendre.

« Le langage poétique, tout comme la musique et la danse ouvrent la porte du domaine émotionnel. Comme peuvent le faire la nature, la perte de repères... Tant que les émotions sont trop puissantes, dés que cette porte est ouverte l'homme s'y perd. Parce que ce qui passe par cette brèche ainsi béante, ce sont les forces de la passion et de l'instinct. Et la vie des gens est pleine à ras bords d'émotions lourdement chargées.
Ce qui se manifeste chez l'homme passionnel, une fois qu'il a accès au domaine de l'inconscient, loin de toute raison et de toute réflexion intellectuelle, ce sont des forces qu'il ne contrôle pas. Parce qu'on ne décide pas de ses émotions, tant qu'on n'en a pas la maîtrise. »

« Mais, ne serait-ce pas revenir en arrière que de délaisser la raison pour les sentiments ? Abandonner le contrôle de la raison sur les émotions pour laisser celles-ci nous gouverner ?... »

« Si, c'est pourquoi il ne s'agit pas de laisser béante la porte des passions, mais d'évoluer sa conscience pour ne plus rien retenir en soi qui pourrait faire imploser la machine humaine. De parvenir à la maîtrise de soi pour ne plus rien contrôler. Toute la différence est là.
De toute façon, cela ne se fait pas en un jour. Le chemin

est parsemé d'étapes successives. Avant de se lancer dans la maîtrise et l'abandon, il faut avoir nettoyé toutes les scories qui voilent le processus. Ce n'est qu'après tous ces préliminaires que l'on peut s'abandonner à notre sensibilité, quand celle-ci n'a plus d'affect, et qu'on est détaché des passions.

Tu as perçu tes premières visions en te laissant aller à tes émotions, maintenant il s'agit de les maîtriser. Et quand je parle de « maîtrise », il n'est pas question de contrôle, ni de tout régenter, mais d'être capable de faire face à toute situation possible de se produire avec efficacité, sans perte de temps en des discours inextricables. Il s'agit d'aller droit au but. »

« Je ne comprends pas très bien. Il me semble qu'il y a là une contradiction. Quelle est la première des deux étapes : nettoyer ses émotions ou les laisser s'exprimer ? »

« Il n'y a pas d'ordre réel dans le temps. Cela se fait simultanément. C'est en ne retenant plus ses émotions qu'on peut les transformer. Mais pour cela il faut être prêt. Sinon il est préférable de les garder prisonnières et de travailler à préparer le terrain. Nous ne sommes alors pas maîtres de nos émotions, mais celles-ci ne nous entraînent pas vers des extrêmes.

Dès que l'opportunité se présente, il faut transmuer ce contrôle en maîtrise. La maîtrise du corps des désirs permet de se libérer de l'assujettissement aux émotions, qui font souvent réagir sur des coups de tête, de façon anarchique, inintelligente. Ce qui n'est pas pire que de les contrôler, et de réagir avec « rationalité », en inhibant ces impulsions. Car celles-ci sont alors refoulées dans un coin obscur du cerveau, gênant le passage des énergies et troublant le conscient de leurs sautes d'humeur inconscientes quand elles sont titillées à l'insu de la pensée. Mais cet effort de contrôle est un début à l'action de l'Intelligence pure, incontrôlée et non-mentale. »

« Et que se passe-t-il quand on parvient à cette maîtrise ? »

« Nos émotions érigent des barrières autour de nous. Ces barrières peuvent s'étendre à perte de vue. Plus nous aimons, ou plus nous détestons quelque chose, quelqu'un, plus nous portons dessus un jugement sentimental, et plus cette barrière est élevée, solide et infranchissable.
Quand il n'y a plus d'émotions, c'est-à-dire même refoulées, il y a indifférence. Ce qui ne veut pas dire plus de sensibilité. Mais au contraire une sensibilité libre de toute déformation intellectuelle, psychique et conceptuelle... Il n'y a plus de barrière. Tout devient possible. On est libre d'agir, sans plus de liens pour nous retenir. Il n'y a donc plus de réaction, mais la possibilité pour une Action spontanée et inspirée par l'Intelligence. »

« Qu'est-ce que vous appelez intelligence ? Parce que tout le monde possède de cette intelligence, même si parfois... dans les apparences... »

« Tout le monde a accès à l'Intelligence, mais les hommes ne s'en servent que très rarement sans tenter de la récupérer pour assouvir leurs désirs, pour l'adapter à leurs plans. Au lieu d'adapter ces plans à l'Intelligence.
La plus haute fonction de l'intelligence est l'Adaptabilité. Or, peu de gens font preuve d'une grande souplesse

d'adaptation. Contrairement aux atomes qui composent l'univers, dont aucune soi-conscience, aucune pensée ne vient influencer, dévier le cours de leur existence. Peu nombreux sont les hommes qui laissent agir l'Intelligence dans toute sa pureté, sans récupération, sans déformations dues aux tressaillements de la psyché. Peu d'êtres humains font preuve de la fluidité nécessaire pour s'adapter à toute situation. »

33

Dans les Frayeurs du Clair-Obscur

« Quant à la peur que tout ceci peut susciter en toi, il faut que tu apprennes à la dépasser. Il te faut te maîtriser. Tu es sur la bonne voie, alors persévère. Le fait de ne plus rien contrôler te permet déjà de la regarder en face.

L'un des premiers comportements appris, bien installé dans la mentalité humaine et qui rejaillit souvent à son insu lorsque cela semble l'arranger, est de toujours nier ce qui ne lui convient pas. Aussi, lorsque l'homme a peur, il veut absolument ne pas le montrer. Il rejette cette peur, la nie. Or, l'acceptation de la peur comme sentiment naturel est le premier pas vers sa disparition réelle. »

« Mais je n'ai pas honte d'avoir peur !... »

« C'est une très bonne chose. »

« Seulement, j'ai peur d'avoir peur ! »

« Cette peur, tu l'as détectée en toi. Tu sais qu'elle est là. Désormais, tu peux apprendre à l'ignorer. La vraie peur, c'est celle du corps. Parce que le corps est programmé pour survivre. Et quand le danger s'approche, il met tout en œuvre pour le contrer. Par contre, lorsque la peur naît d'une sensation, quand elle est psychique, au lieu de découvrir le meilleur moyen de s'en protéger, la plupart du temps elle perturbe l'organisme, le paralysant, créant un tremblement nerveux, faisant accomplir au corps des absurdités, embrouillant les pensées, et ainsi de suite.

La peur du corps est totalement différente de toutes ces manifestations. Mais quand il y a un réel danger et que le corps répond mal, c'est qu'il y a eu une mauvaise interprétation de la pensée au message transmit par le corps. Si tu laisses le corps agir, lui saura comment faire face au danger. Tu n'as donc plus besoin d'avoir peur. Sachant tout cela, tu peux vaincre ta peur de la nature, du noir, des émotions trop fortes... et devenir du même coup réellement sensible.

Mais pour se faire, tu ne dois pas te référer uniquement à ton intellect. Sinon tu perdras le contact avec ton étincelle de vie. Souviens-toi des chevaliers chez la sorcière !

Quand tu seras parvenu à dépasser cette peur, tu pourras maîtriser ton cheval. Et tu pourras le monter en toute sécurité. C'est aussi une question de confiance en soi.

Le cheval incarne l'instinct qui sous-tend la conscience. Ou plus exactement la conscience corporelle, celle des cellules. Tu dois mettre fin à l'expression brutale de ton instinct. La maîtrise du cheval sera le symbole de ta réussite. La maîtrise du véhicule animal pleinement accepté, et non réprimé, refoulé dans les oubliettes de l'inconscient, en parfait accord avec la conscience cellulaire.

Le cheval est une force naturelle. Il est très émotif. Très impulsif, même. Si on le contraint trop brutalement, tu peux être certain d'aller à la catastrophe. Mais si tu le laisses faire ce qu'il veut, ce ne sera pas mieux. Tu ne parviendras jamais à le monter. Son impulsivité fera tout

autant de ravages. Il faut donc trouver un compromis entre les deux. Le juste équilibre qui te permettra de le diriger en le laissant aller. Comme pour tes émotions.
C'est toujours la synthèse des opposés qui donne la solution à l'état conflictuel de leur rencontre. Il en va de même pour tout. »

« Oui, cela paraît si simple à dire. Mais quand on est confronté au problème dans l'instant, on est toujours déboussolé. Et la crainte peut surgir. »

« C'est la même chose pour la peur du noir ou de la nature. Quand tu as peur de quelque chose, au lieu d'abandonner ton esprit à cette pulsion, demande-toi plutôt ce qui te fait peur. Et laisse le corps, seul, gérer cette peur. Pourquoi as-tu choisi cette peur ? Elle est souvent une manière de refuser les responsabilités. La peur est une façon de te permettre de ne plus avoir le choix. De ne plus être libre. Un moyen de laisser les réflexes, les conditionnements reprendre le dessus sur ton esprit. Parce que certains choix sont terrifiants à prendre, trop de liberté est parfois très effrayant.
Dans les frayeurs du clair-obscur intellectuel, ce n'est plus toi qui choisis, mais la peur qui dicte ton comportement à adopter.
La peur naît de la pensée. Cependant, toutes les frayeurs ne proviennent pas de la psyché. Comme je viens de te le dire, la peur du corps est quelque chose de naturel, qu'il n'est pas nécessaire d'éliminer. Au contraire. Parce que le corps est programmé pour survivre. Il est donc apte à prévenir d'un danger en suscitant la peur. Par contre, la peur psychologique est une maladie. C'est un défaut qu'il faut corriger lorsqu'il se présente. Toutes ces frousses

apparaissent pour aviver le corps émotionnel. Comme lorsque l'on regarde un film d'épouvante, en quête de sensations fortes. Ces peurs sont donc nourries intentionnellement par les pensées.

Quand tu agis sans réfléchir, que tu fais les choses sans y penser, aucune émotion, donc aucune frayeur ne peut intervenir ni interférer sur le cours de ton action. Regarde, chaque fois que tu t'es couché l'esprit occupé, nulle peur n'est venue troubler ta conscience. Ce n'est que lorsque tu as pu y faire attention, c'est-à-dire lorsque tu as fait attention à ce que tes pensées tissaient dans ton cerveau que tu as pu l'apercevoir, attendant sur le promontoire du doute que tu la regardes, pour bondir toutes griffes dehors.

Si ce n'est pas spécialement une bonne chose d'agir en ignorant ses craintes, parce que celles-ci peuvent jaillir et empoisonner l'existence à tout moment, il est nécessaire de ne pas succomber à leur force de commandement. Mais de parvenir, malgré la présence reconnue de cette peur, à agir selon ta conscience. »

« Mais comment peut-on agir quand on a peur ? L'angoisse est la plus terrible chose que je connaisse, parce qu'elle nous empêche de faire ce que nous voulons. Quand j'ai la frousse, je perds tous mes moyens. J'ai beau me dire et me répéter que la prochaine fois qu'elle se présentera je ferai ceci ou cela, quand elle est là, toutes mes belles résolutions s'évanouissent à son contact. »

« C'est pour cela que tu dois vaincre la peur. Tous les moyens sont bons pour y parvenir, même la fuite, si celle-ci s'impose, si elle est intelligemment exécutée, pour éviter un piège. Mais il ne s'agit pas de fuir en courbant l'échine, pour s'empêcher de voir ce qui nous effraie. C'est un repli stratégique, en attendant un meilleur moment pour revenir l'affronter.

L'exploit d'un homme consiste à affronter et à surmonter toutes ses peurs. Mais il ne doit surtout pas céder à la panique.

Quant à dire que c'est la pire des choses que tu connaisses, je ne suis pas d'accord avec toi. Je pense qu'il y a pire que la peur. Comme d'avoir toujours quelqu'un sur le dos, quelqu'un qui nous empêche d'exprimer ce qui veut à tout prix jaillir... »

« Oh oui, là je crois que vous avez tout à fait raison. J'ai parlé sans réfléchir. C'est vrai que c'est encore pire de devoir supporter mes parents, de les voir toujours commander, m'interdire sans cesse quantité de choses, de me sentir espionné... de ne pas pouvoir respirer librement. La peur en comparaison est bien peu de chose. »

« Et elle peut être utile. La peur est l'une des grandes forces de la vie. Elle pousse l'homme à apprendre. Elle peut être utilisée pour modifier la vision des choses. Elle permet d'apprendre, par exemple, à être toujours aux aguets, à faire attention, à renforcer ses protections naturelles pour ne pas être la proie d'un danger potentiel. Elle permet également d'apprendre à ne plus penser, en éloignant ses pensées de ses frayeurs, puisque ce sont celles-ci qui attirent et attisent la peur.

La peur a le privilège de ce grand pouvoir qui est de susciter l'instant de silence. Elle a la force de nous faire pénétrer dans ce moment d'obscurité, encore plus silencieux que lorsque l'on fait taire son bavardage inconscient. Là où la rencontre avec son autre moi

s'effectue. Parce que le dévoilement ne se produit que dans un tel contexte, soit après de longs efforts volontaires, soit suite à un accident, un traumatisme corporel, telle que la terreur est capable de le générer.
Tu vois, la peur n'a jamais fait de mal à personne. Elle peut être utile. On a toujours le choix, même quand la frayeur nous paralyse. Parce que ce qui paralyse, ce n'est pas la peur en elle-même, mais ce qui la fait naître : les pensées. Et on peut toujours décider de les écouter ou non.
Tu es bien venu ici, de ton propre chef, malgré ce que pourrait en penser ta famille ! »

« En fait, j'avais plus peur de rester et de ne pas trouver de solution pour mon songe, que de braver mes parents. »

« Donc, tu as choisi entre deux peurs. L'une étant plus forte que l'autre. Maintenant, apprends à choisir entre la peur et la non-peur. Tu en es tout à fait capable.
Tu as déjà livré la plus grande partie de ton combat contre la peur. Celle qui paralyse, qui empêche d'agir. Il ne te reste donc plus qu'un tout petit effort pour t'en délivrer entièrement.
Rien n'est jamais inéluctable. On a toujours la possibilité de choisir. Face à un choix, il y a ceux qui croient ne pas avoir le choix, ceux qui s'obstinent, se voilent la face, ferment les yeux, ceux qui croient choisir, ceux qui choisissent mal, et ceux qui savent. Où te situes-tu ? »

« Comment savoir ? Comment peut-on être certain de faire le bon choix ? »

« Il n'y a aucun moyen de le savoir. On sait ces choses-là

sans les savoir. Tu ne pourras le comprendre que quand cela t'arrivera. C'est pourquoi, peu importe tous les discours, ce qui compte, c'est ce que tu vis. Tu dois vivre tout cela par toi-même. »

« Et si je fais le mauvais choix ? »

« Cela non plus n'a pas grande importance. Car cela ne t'empêchera pas de vivre ce qui t'est nécessaire. »

Devant mon air perplexe, il poursuivit :

« Rien n'arrive au hasard. Tout ce qui se passe n'est pas innocent. Si tu sais le regarder, tu peux en tirer l'enseignement nécessaire pour le moment. Ce n'est pas pour rien que tu traverses actuellement un passage à vide. Ni tes problèmes avec ta famille. Ni ton histoire avec les jeunes du village. Tout cela est un signe. À toi de savoir l'interpréter.

C'est l'inconscient qui te tourmente par des états d'émotivité extrême, d'irritabilité et d'instabilité. Parce que tu es capable si tu le veux, d'y mettre fin. De tourner la page.

À travers le magma de l'inconscient collectif, les pensées sont si influentes qu'elles constituent des barrières infranchissables à la libre circulation des énergies. D'où la nécessité d'abandonner tout contrôle, pour permettre la fluidification des énergies.

Si tu es bien attentif à tout ce qui se trame en toi, à l'intérieur de ce magma, qui surgit à ton insu de l'inconscient, et si tu parviens à dépasser cet inconscient qui te titille, alors ce que tu pressentais comme étant de la folie te surprendra. Tu comprendras que cet état était nécessaire pour te permettre d'établir un contact intime avec les forces de la nature. De ta nature. Ainsi qu'avec les forces de l'Autre-Monde. Que la vraie folie, c'est celle des hommes qui te tourmentent.

Aussi n'hésite pas à te réfugier dans la nature quand cela ne va pas. Quand tout devient insupportable. Va loin des hommes, et de leur folie meurtrière, pour revenir ensuite calmé par une chanson, un peu d'eau fraîche... Va boire à la source pour guérir. Et quand tu reviendras tu pourras aider les autres à se guérir. »

34
Egoïstum Humanum Est

« Donc, en fait, vous me conseillez de repartir dans la montagne ! »

« Je n'ai pas dit ça ! Mais si c'est ainsi que tu interprètes mes paroles, c'est que c'est peut-être ce que tu désires. C'est à toi de décider. »

« Mais, mes parents ne me laisseront jamais repartir. Ils m'en empêcheront par tous les moyens. Comment devrais-je m'y prendre pour leur faire comprendre que je ne suis plus un gamin ? Comment les ranger à mes idées ? Leur faire accepter que je puisse repartir ? Être autonome ? »

« Il n'y a rien à faire pour cela. Sinon être toi-même. D'ailleurs, tu n'y changeras rien. Il est déjà trop tard pour revenir en arrière. Tes parents te connaissent déjà trop, même s'ils se trompent, pour changer les idées qu'ils se font de toi. Ils ont une image de toi quasi définitive, qui ne peut plus varier qu'avec le temps, et seulement sur des détails infimes. Tu resteras toujours dans leur esprit leur enfant qu'ils ont vu naître et grandir, et ils te considéreront toujours comme un gamin quoi que tu fasses. Rien ne les fera changer d'idée. Ils te voient trop souvent. Ils savent tout ce que tu fais, ou presque, qui tu es... Et toi, tu es prisonnier de cette idée, ainsi que de toutes les autres qu'imaginent tes proches, tes amis... te modelant à leur façon. »

« Mais que puis-je faire pour l'éviter ? »

« Il n'y a qu'une chose à faire pour ne pas être ce que projettent les autres : s'effacer. C'est-à-dire ne pas attirer l'attention sur soi, pour que les autres nous oublient, et s'oublier soi-même. Oublier son passé, son identité sociale. Ne plus croire à tout cela. Vivre sa vie sans y penser, sans chercher à définir cette place fictive qu'on occupe dans la société, ni toutes ces étiquettes que les autres nous collent. Le seul moyen d'éviter les pièges que nous tendent les autres, c'est de ne pas faire comme eux. Tu dois chasser toutes ces idées pour ne pas être chassé par elles. Tant que nous sommes accessibles à leurs visions, nos semblables peuvent facilement nous atteindre. »

« Mais il y a là quelque chose que je n'ai pas très bien compris. Tout à l'heure, vous m'avez dit qu'il était important de se souvenir, et maintenant vous me dites qu'il faut tout oublier ? »

« Oh oui, hi hi hi ! C'est juste. Il y a là un paradoxe. Mais notre univers est fait de paradoxes. C'est vrai, et en même temps ça ne constitue pas une contradiction. Ce sont deux choses différentes. Elles ne s'effectuent pas au même niveau de conscience, avec la même attention. Le souvenir, sous forme de récapitulation, permet d'évacuer tout son passé pour l'oublier. Le reste se fait sans que nous y pensions, par le corps d'énergie. »

« Mais comment pourrais-je m'effacer, effacer mes souvenirs, ce que je suis ?... »

« En arrêtant de raconter partout autour de toi à qui veut l'entendre ton histoire. Ce que tu es, ce que tu fais, tes souvenirs. Et à toi-même aussi. Chaque fois que tu racontes ton histoire, elle se renouvelle, reprend force et vigueur et te tient prisonnier dans sa toile. Tu perds ainsi toute ton imprévisibilité. »

« Mais c'est impossible de disparaître ainsi, de tout effacer. On ne peut pas y parvenir ! »

« Si, mais seulement le jour où tu y croiras suffisamment. Cela t'arrivera quand tu en auras vraiment assez du regard que les autres posent sur toi. Le jour où la liberté te manquera vraiment.
En attendant, la seule chose que tu puisses faire, c'est agir selon ta conscience, pour ce qui te paraît juste. Si tu cherches à faire adopter tes points de vue à quelqu'un, il y a manipulation. Ne cherche donc pas à convaincre les autres. Fais ce que tu as à faire. Ce sera à eux d'interpréter tes actes comme ils le décideront, et non pas à toi de le leur imposer. Tu dois éviter de tomber dans le piège qui consiste à vouloir manipuler les autres principalement pour en tirer profit.
Fais ce qu'il te semble bon de faire sans t'occuper des autres. Ce qu'ils vont penser de tes actes les regarde. Prends tes responsabilités et laisse les autres assumer les leurs. »

« Mais il m'est impensable de ne pas écouter l'avis des autres. Parfois ils me donnent de bons conseils. »

« Tu peux écouter les conseils, mais garde éveillé ton propre esprit critique. Ne recherche pas l'assentiment des autres, en toute circonstance. D'ailleurs, l'homme esclave de ses sentiments manipulateurs recherche toujours l'avis de quelqu'un, tandis que l'homme libre s'en moque. Toute vanité cesse quand on devient son seul juge, que l'on assume l'entière responsabilité de ses actes. Que notre action soit juste ou mauvaise. Seule compte l'action. Ce que l'on entreprend. Et une fois que tu es engagé dans quelque chose, il faut aller jusqu'au bout, en te donnant à fond, sans croire à ce que tu fais. Simplement pour le faire. Parce que ce qui est à faire doit être fait, simplement. Sans but ni raison.
Je te l'ai déjà dit, croire c'est encore donner de l'importance à ce que tu fais. Or, les convictions rendent timide. Elles endorment. Et empêchent l'action.
Nous passons la plus grande partie de notre temps, et de notre énergie, à entretenir notre suffisance. La peur de ne pas être aimé, ou reconnu, nous empêche de découvrir la réelle grandeur de l'univers, en nous focalisant sur notre nombril. »

« On croirait entendre mon faune ! »

« C'est vrai. Là-dessus je rejoins le discours de ton ami onirique. Quand tu décides d'entreprendre quelque chose, tu dois t'y engager jusqu'au bout, avec la pleine responsabilité de tes actes. Peu importe ce que tu fais. Ce que tu fais, tu le fais totalement, sans doutes ni remords, en sachant seulement pourquoi tu le fais. Chacun devrait pouvoir faire ce qu'il pense être le mieux et prendre conscience de ses fautes pour ne pas les réitérer. »

« Mais, c'est une attitude égoïste !! »

« Tu es jeune. Tu peux te le permettre. Les jeunes sont toujours un peu égoïstes. Et pourtant, ils ont souvent le plus juste sens de l'altruisme, en même temps. Leur égoïsme est certainement une question de survie. Une façon de se protéger pour ne pas être totalement étouffés, écrasés par le monde des adultes. Ils doivent commencer par penser à eux-mêmes, à leurs propres besoins et désirs avant de s'occuper des autres. Ce dont ne se soucient guère la plupart des adultes. Parce que ces désirs sont souvent en contradictions avec les leurs. »

« Oh oui, j'en sais quelque chose ! »

« Trop de gens veulent s'occuper des autres, sans jamais s'être penchés sur eux-mêmes. Et alors, ils transposent dans leurs relations à autrui, leurs propres névroses. On devrait toujours se découvrir, apprendre à se connaître avant de vouloir faire du bien autour de soi. Seul celui qui s'est libéré du conditionnement psychologique peut prétendre véritablement guérir. Même si le soi-disant guérisseur possède un réel influx magnétique d'ordre spirituel ou autre, s'il est encore engrené dans le mécanisme duel et séparateur de la souffrance, il ne pourra que transposer ses propres symptômes à ceux de son patient. Il est possible qu'il le soulage dans les faits visibles, mais il sera incapable de guérir complètement, de toute façon. D'ailleurs, vouloir guérir procède encore d'une volonté égotique. »

« Que peut-on faire alors pour aider les autres, les soulager ? On ne peut pas rester bras ballants quand à nos côtés d'autres souffrent ! »

« Je ne sais pas s'il y a quelque chose à faire, ni pourquoi aider les autres. À moins d'être poussé par une volonté intérieure indépendante de notre volonté personnelle. Mais là encore, il faut savoir distinguer ce qu'est la volonté des déguisements de l'inconscient.

Je crois qu'il n'y a que lorsque nous sommes sans désirs, détachés des choses de ce monde, que l'on peut aider autrui à s'aider lui-même. Seulement lorsque nous n'avons plus aucun but, même pas un qui échapperait à notre attention. Mais alors, on tombe du même coup à la merci des autres, si l'on n'est pas assez fort. On devient l'image-reflet d'un autre et celui-ci peut nous entraîner d'un extrême à l'autre sans trop de difficultés.

Vouloir faire du bien c'est croire qu'il y a un mal à combattre. Or le mal n'est pas extérieur à soi. Il est une pure conception de l'esprit. C'est très important de le comprendre, surtout dans tous les domaines de la communication, des personnes qui travaillent dans le médical, et principalement pour ceux qui sont chargés d'enseigner, qui ont un rôle éducatif, dans les écoles, les foyers, auprès des jeunes...

Le mal n'existe que dans les esprits étroits. Il disparaît dans le magma conceptuel séparateur dès qu'il est considéré comme une partie du tout. Car l'Esprit et la Matière sont une seule et même chose. Il n'y a pas un esprit bon et une matière mauvaise. La matière étant l'aspect le plus dense de l'Énergie universelle. Son aspect le plus intelligent et le plus subtil.

Toute existence est faite d'une même substance, la Nature. Cette Nature est une, et cette unité est harmonie. C'est seulement dans la tête des hommes qu'elle apparaît désordonnée et chaotique.

Quant à ton égoïsme, je ne crois pas que tu sois foncièrement égoïste, au sens où tu l'entends. »

« Si ce n'est pas de l'égoïsme, alors qu'est-ce que c'est ? »

« Tu es jeune, tout simplement. Tu découvres le monde. Et, par ailleurs, tu as le sens des autres. C'est l'essentiel. Il ne sert à rien, de toute façon, de résister contre sa tentation. »

« Alors personne n'est égoïste ? »

« Personne ne vit uniquement pour lui-même. Parce que tout le monde est dépendant des autres. D'une façon ou d'une autre. Qu'on le veuille ou non. Ceux qui sont persuadés de pouvoir se passer des autres sont dans l'erreur. Cela montre simplement qu'ils sont mal dans leur peau. La seule différence entre les gens, c'est la conscience qu'on en a. Certains s'en rendent compte. D'autres pas. »

« Pourtant, il y a des gens qui n'ont rien à faire des autres ! »

« Dans les actes, certaines personnes vivent en fonction des autres, et d'autres vont à l'encontre du groupe. Mais quiconque n'agit pas en vue du bien commun s'en mordra les doigts un jour. Car il ne vaut guère mieux qu'un criminel. Ce qu'il fait de mal pour autrui, il se le fait pour lui. Même s'il n'en a pas encore conscience. On ne peut pas être heureux tout seul dans ce monde. Et tant qu'il restera un être malheureux, tout homme en sera touché consciemment ou non et demeurera insatisfait.

Cependant, il ne faut pas juger selon les apparences. Le plus grand altruisme n'est pas celui qui saute le plus aux yeux. Le plus souvent c'est un altruisme qui paraît être de l'égoïsme pour ceux qui ne savent pas voir. Parce qu'ils regardent avec les yeux de l'émotion, et non avec ceux du cœur. Car, ce qu'on peut faire de mieux pour les autres, c'est s'occuper de soi. Et laisser l'autre affronter et régler ses problèmes lui-même. Trouver ses propres solutions. »

« Mais alors, on ne peut jamais rien pour les autres ? »

« Cela dépend. Pour la plupart, non.
Ce qui n'empêche pas que de temps en temps on puisse répondre à l'appel de détresse de quelqu'un. Mais cet appel n'est pas toujours audible. Ni ce qui est dit.
Tandis que celui qui s'occupe des autres, sous couvert d'un grand altruisme, derrière ses motivations se cache parfois un grand égoïsme. Un égoïsme déguisé. Car c'est pour se faire plaisir, pour sa bonne conscience, pour paraître, briller, parce qu'il pense que c'est bien... ou simplement qu'il ne peut pas faire autrement, qu'il aide les autres. Sinon, il ne le ferait pas.
Par ailleurs, qu'est-ce qui est plus important : ce que l'on fait ou pourquoi on le fait ? La pureté réside-t-elle dans l'acte ou dans l'intention qui l'anime ?
Quoi qu'il en soit, personne ne vit uniquement pour lui-même. Nous sommes tous interdépendants les uns des autres. Personne ne fait jamais rien qui n'ait de

conséquences, en bien comme en mal, sur les autres. »

« Peut-être, mais en ce qui concerne mes parents, c'est entièrement vrai. Tout ce qu'ils font pour moi, c'est avant tout pour eux. Et cela va toujours, ou presque, à l'encontre de mes propres désirs. Ils voudraient que je sois autre que ce que je suis. Et ils se fichent pas mal que cela me convienne ou non. »

« Bah ! Ils ne te changeront pas. Tu as dix-sept ans. Et à cet âge, un jeune est déjà formé socialement. Sa personnalité est fixée et on ne peut plus la changer. »

« Mais en attendant, ce n'est pas comme ça qu'ils l'envisagent. Et c'est moi qui en fait les frais. Et cela me tourmente. Comme s'il n'y avait pas assez de problèmes dans le monde comme ça, sans en rajouter ! Ce n'est pas juste, la vie est quand même mal foutue. Pour certains elle paraît si bonne, et pour d'autres non ! »

« Laisse la vie en dehors de tout ça, elle n'est ni bonne ni mauvaise. Elle est souvent difficile, et pour un jeune cela peut être très dur. Surtout de s'en rendre compte. Mais en aucun cas elle est mauvaise. Elle est juste ce que nous en faisons. »

35
L'Amour Manipulé

« Mais regardez, il y a tant de misère de par le monde. Tant de lieux où je n'aimerais pas vivre. Par exemple, je n'aimerais pas être à la place des jeunes du village !... »

« Et pourquoi dis-tu cela ? »

« Parce que leur monde est très limité. Ils vivent ici à l'époque du Moyen-Âge. Alors qu'en ville, la vie est tellement plus facile, tellement plus variée et riche... »

« Te rends-tu compte de ce que tu es en train de dire ? Le penses-tu vraiment ? »

« C'est que... »

« Si tu préfères la vie citadine, tant mieux pour toi, puisque tu vis en ville. Mais ne parle pas de ce que tu ne connais pas. Comment veux-tu, après cela, que les jeunes ne te tombent pas dessus ? Avec tant de suffisance ! »

« De toute façon, ils ne savent pas ce que j'en pense ! »

« Parce que tu crois qu'ils ont besoin de savoir ce que tu

penses. Ils n'en ont pas besoin pour faire le jeu de la vie, et répondre à ce qu'elle réclame pour toi. Que sais-tu de leur monde. Ce n'est pas parce que tout le monde en parle ainsi, les médias, les gens qui ont quitté la campagne, croyant trouver ailleurs un monde meilleur, que tu dois les croire. Que sais-tu de ces enfants ? De la vie qu'ils mènent ici ? Comment peux-tu les juger ? Crois-tu que ton monde est ce qu'il y a de meilleur ? »

« Oui, je crois que j'ai dit une énorme ânerie. Cela mérite réflexion. Mais je vois tellement de souffrance autour de moi, que je l'imagine même là où elle n'est pas. Et j'aimerais tant soulager le monde de sa misère. Que peut-on faire pour endiguer ce désir de toujours vouloir aider les autres ? »

« Ne cherche pas à sauver le monde. Essaie plutôt de te sauver toi-même. C'est-à-dire de te libérer de l'illusion du désir. De la pensée que le monde ne tourne pas rond, et que tu pourrais le redresser. Être pauvre, avoir faim, et même souffrir, ne sont que des pensées. Et croire que l'on peut aider, c'est-à-dire changer les autres contre leur volonté, sans quoi ils changeraient d'eux-mêmes s'ils voulaient vraiment être autres, n'est qu'une pensée, et une pensée égoïste, parce que tournée vers ses propres envies. Même vouloir changer l'humanité est une de ces illusions égoïstes. Cela signifierait que tu as tout pouvoir sur les autres, la possibilité de les manipuler, de décider pour eux de ce qui est bon et mauvais. »

« Mais, si les intentions sont bonnes ?... »

« Même si les intentions sont bonnes. Et heureusement.

Car si elles étaient mauvaises, que se passerait-il ? Tu dois apprendre à regarder le monde et le malheur, qu'il soit tien ou à autrui, sans souffrance, détaché. Ce qui ne veut pas dire que tu t'en fiches, mais que tu as compris que cela ne sert à rien. Que la souffrance est une invention de la pensée. Le seul combat que tu puisses mener est un combat contre toi-même, contre tes tendances, tes préjugées, tes idées fausses... »

« Oui, je crois que c'est ce que le faune a tenté de me faire comprendre. »

« C'est pourquoi il est nécessaire de changer, mais sans vouloir changer. Car il n'y a pas besoin de devenir autre. Il faut juste accepter ce que l'on est. Alors le conflit intérieur s'interrompt. Et quand on n'est plus en conflit avec soi-même, il devient impossible d'être en conflit avec les autres. »

« Mais les autres restent une menace. Regarde comment les gens te traitent, ce qu'ils disent de toi ! »

« Et alors, laisse-les dire. Ce n'est pas contradictoire. On peut être en paix sans que son voisin le soit. Cela le regarde, mais ça ne nous concerne plus. Quand on devient sans conflit intérieur, alors oui on devient une menace pour la société. Mais la société ne nous menace plus. C'est seulement alors qu'on peut les aider. Par une attitude dépourvue d'intentions. Lorsque tu auras réglé tes propres conflits, tu pourras te tourner vers le monde. Et tu t'apercevras qu'il n'en existe pas. On se les invente ! »

« Mais quand on souffre, c'est bien concret. Ça fait mal ! »

« La souffrance n'existe pas. Elle n'est que pure fiction pour que l'homme s'en sorte. La souffrance sert à le faire évoluer, le poussant dans ses retranchements, l'obligeant à se soigner, à comprendre pourquoi il a mal. D'où elle vient, et pourquoi elle le frappe. Pourquoi il doit changer et adopter une vie plus « saine ». Jusqu'à ce qu'il n'ait plus besoin d'être « malade », donc de souffrir.
Cette souffrance est l'opportunité pour chacun de prendre conscience de son possible élargissement, du dévoilement de l'absurde. Elle est l'aiguillon de re-connexion avec la force consciente qui nous nettoie en profondeur. Mais cette force n'est pas souffrance en elle-même. C'est juste la perception qu'elle se donne pour bousculer les évidences, choquer les égos tournés vers eux-mêmes, vers les désirs et les plaisirs éphémères. Pour celui qui Voit, et qui Aime, il n'y a pas de souffrance ! »

« Pourtant, l'amour fait souffrir, justement !... »

« Ah bon ? Tu veux certainement parler de l'amour sentimental. Celui qui veut posséder ce qui lui plait. Or, je te parlais de l'Amour, avec un grand A.
Bien sûr que les émotions font souffrir. Puisqu'elles font parties de cette illusion des sens. Les souffrances sentimentales ne sont que complaisance de la personnalité humaine. Le stimulant qui lui donne l'impression d'exister. Ce n'est en fait que du vampirisme. Une façon de s'approprier l'autre, ou les choses que l'on dit aimer. Aimer ainsi quelqu'un est une tentative pour essayer de le modeler à l'idée que l'on s'en fait, ou que l'on voudrait s'en faire.
L'amour, débarrassé de toutes ses scories illusoires, ne

fait pas souffrir. C'est parce que l'homme identifié à sa personnalité de surface n'a aucune idée de ce qu'est l'Amour qu'il en souffre. Il n'en connaît que le désir et le plaisir, le bonheur et donc la souffrance qu'il procure.
Quand il n'y a plus d'émotion, il y a indifférence. Il ne s'agit pas de ne plus avoir de sentiments, mais de ne pas s'y attacher. Ne pas leur donner l'importance qu'ils n'ont pas. On peut laisser libre cours à ses sentiments si on n'y croit pas. Tant que nos désirs sont sans désir.
Aimer ce que l'on veut sans s'y attacher, ni sans attacher à soi ce que l'on aime, est la façon la plus noble d'aimer. Cela s'appelle la liberté. Liberté d'aimer ce que l'on veut, et liberté de laisser l'autre aimer ce qu'il veut. Ne rien contraindre, ne rien manipuler. »

« Pourtant, c'est au nom de l'amour que les hommes se livrent des guerres sans merci. Il n'y a qu'à voir les guerres de religions, d'hier comme d'aujourd'hui. Les martyrs, les croisades, le Jihad, l'Inquisition, l'extermination systématique de peuples... Et c'est encore au nom de l'amour que des parents imposent leurs opinions aux enfants. »

« Oui, quand on aime de cette façon, on cherche à rendre les autres semblables à soi.
C'est surtout au nom de la propriété que les hommes se font la guerre. Pour s'approprier quelque chose, ou défendre ce quelque chose qu'ils disent posséder. La notion d'amour n'est qu'un prétexte, une défense pour sa conscience, ou pour ranger les autres à sa cause, leur faire croire qu'ils sont poussés par de saines motivations. »

« Ce serait donc la convoitise et la jalousie qui seraient

les coupables ! »

« C'est l'orgueil et la vanité qui poussent l'homme vers de tels sentiments. Et l'homme qui possède ce qui est convoité est aussi coupable que celui qui cherche à le lui prendre.
Mais toi, tu ne dois pas gaspiller tes forces en de tels combats mesquins. La vie est une longue lutte. Mais un combat d'amour. C'est vrai. C'est dans le cœur que se situe ce combat. »

« Pourtant, il y a tant de choses qui vont mal de par le monde, tant de choses à changer, que ce serait égoïste de l'ignorer et de se contenter de concentrer son attention sur soi-même. Ça fait mal de voir toute cette misère, tous ces gens qui se tordent de douleur. C'est toute la société qui est à transformer ! »

« Oui et non. Tout est à changer, et pourtant il n'y a rien à changer. Tout est vivant, donc tout se meut, tout se transforme sans cesse. Contente-toi de te changer toi-même et le reste suivra. »

« Mais on est sans cesse manipulé, dans notre vie actuelle. Comment pouvoir s'en sortir et aider les autres à ouvrir les yeux sur cette réalité ? Peut-être que les autres s'en fichent après tout... Tout le monde cherche à se servir des autres, que ce soit dans les relations amicales, de travail, par la télévision, la publicité, les médias, en politique... Tout cela n'est que de la manipulation des esprits. Et on s'évertue à trouver sans cesse de nouvelles techniques toujours plus performantes dans ce jeu de manipulation. »

« Ce n'est pas une raison pour entrer dans le jeu. À toi de déceler les pièges, pour ne pas t'y laisser entraîner. Il y a toujours eu des manipulateurs. Et il y en a eu des plus puissants que les médias et les politiques d'aujourd'hui. Autrefois, les sorciers basèrent toutes leurs recherches sur les pouvoirs de la manipulation. Manipulation d'autres entités, des esprits de la nature, ceux des rêves... Ils cherchèrent aussi à diriger l'esprit des autres hommes. Parfois avec de bonnes intentions, pour améliorer les conditions de vie, renforcer et embellir le corps humain... Parfois avec des intentions personnelles et égoïstes, de domination, d'enrichissement.

Ces sorciers apprirent des choses extraordinaires concernant les pouvoirs de l'esprit. Ils devinrent capables de prodiges, mais tous leurs pouvoirs étaient basés sur leur ego en quête de puissance « surnaturelle ». Un ego inférieur et inchangé. Des égos dominés rapidement par leur avidité et leur orgueil.

Ils acquirent une telle puissance que la nature dut chercher des solutions pour rééquilibrer les forces. C'est ainsi que des mondes entiers disparurent, des civilisations s'écroulèrent, suite à des catastrophes naturelles ou à des inventions humaines mal employées. Dans le même temps, l'homme perdit tout contact avec son étincelle de vie. Le corps de l'homme se modifia et il fut privé, par un processus naturel d'évolution, de ses pouvoirs psychiques. Il ne restait plus sur terre que des bribes de ce passé ancien.

Après cela, les sorciers furent chassés, poursuivis et persécutés. Jusqu'à très récemment, où les chasses aux sorcières furent monnaie courante. »

« Mais on sait bien aujourd'hui qu'être sorcier ne veut rien dire. Que l'on classifiait sous cette appellation toutes les personnes indésirables, que l'on souhaitait faire disparaître, parce qu'elles gênaient, ou simplement pour trouver des boucs-émissaires aux différents malheurs s'abattant sur les populations ignorantes. »

« Cependant la sorcellerie a bel et bien toujours existé. Et elle continue d'exister. Sous ses formes traditionnelles, ou sous de nouvelles formes. Même si le pouvoir des sorciers d'aujourd'hui n'est rien en comparaison de ce qu'il fut autrefois. »

« S'il existait vraiment de tels sorciers, cela attirerait quantité de gens ! »

« Devenir sorcier est un terrible fardeau, que je ne souhaite à personne, car la sorcellerie est une interférence sur l'ordre naturel des choses et des vivants. De nombreux dangers sont à redouter pour celui qui s'engage sur cette voie. Sa puissance est terrible.
Un sorcier est quelqu'un qui sait comment user de sa volonté. Comment détourner les forces vives dirigeant le monde. Il ne les change pas, ni ne les explique, mais il s'en sert dans des buts personnels ou impersonnels. À ce niveau, tout le monde quasiment fait de la sorcellerie, mais seuls quelques uns le font volontairement, en sachant ce qu'ils commandent.
La vie de sorcier a quelque chose d'attirant, mais c'est une vie précaire. Le sorcier est craint et rejeté des hommes, et il risque sa vie constamment avec les forces qu'il manipule. Le moindre écart et toutes ces forces se retournent contre lui pour le détruire. »

« C'est horrible ! »

« C'est pourquoi je ne te conseille pas cette voie. De plus, la sorcellerie accroît notre orgueil et notre vanité. Notre sentiment d'importance est décuplé quand on tient son pouvoir entre les mains. Elle conduit à nous attacher au concret, nous détournant de toute abstraction et de toute sobriété. Elle nous rend encore plus dépendant vis à vis de ce que l'on manipule, nous éloignant de notre recherche de liberté. »

36
Esclave de la Liberté

« La voie du cœur est une route plus sûre. Sur laquelle tu n'as pas besoin de manipuler quoi que ce soit. Il te suffit juste de faire appel à ton intuition. »

« Quand on suit le chemin du cœur, on ne peut rien manipuler ? »

« Oh, bien sûr que si. On peut tout obtenir. Celui qui possède plus d'énergie que les autres peut faire n'importe quoi d'eux. Il pourrait jouer avec les hommes, comme avec des marionnettes. Mais celui qui est sur cette voie ne le fait pas, sauf en des circonstances particulières. Ce n'est pas lui qui décide, bien qu'il le sache et l'accepte de son plein gré. C'est une force intérieure, une volonté inconnue qui guide ses actes. Et lui s'y abandonne. Il ne désire plus rien. Les actions des hommes sont vides de sens pour lui, elles ne le concernent plus. »

« Que faut-il faire pour ne pas ressembler à tous ces gens ? Pour échapper à leur emprise sur nous et éviter les pièges qu'ils nous tendent ? Ne pas succomber aux tentations qu'ils nous offrent ? »

« Il faut acquérir le goût de la liberté. Seule une inflexible intention peut déjouer tous les pièges. Même si on ne peut jamais savoir ce qu'est réellement la liberté. »

« Y a-t-il une technique pour y parvenir ? »

« Il n'existe aucune technique pour avoir l'intention. On l'obtient en la pratiquant. »

« Mais comment peut-on devenir libre s'il n'existe pas de technique pour l'approcher, sachant qu'on ne sait même pas ce que c'est ? »

« Pour être libre, il ne faut pas avoir d'attaches. Ne rien s'attacher, n'être attaché à rien. Donc ne rien posséder. Seul celui qui ne possède rien ne peut rien perdre. Seul celui qui ne s'accroche à rien n'a rien à défendre. Et il peut engager le combat sur le terrain de son choix. Vivre où il veut, avec qui il veut... »

« Mais, je n'ai pas choisi de vivre avec mes parents, et je ne peux en aucune manière choisir de vivre avec eux ou de les quitter. Ce sont eux qui décident pour moi ! »

« C'est pourquoi la liberté ne nous est pas innée. Elle s'acquiert pour tous, après de longues luttes. La liberté se mérite. Un enfant est rarement libre. Mais il peut le devenir, au même titre que n'importe quel adulte. Quand plus rien ne le touche. Son combat pour y parvenir peut même être plus facile, car il a moins de liens à se débarrasser, comme le désir de possession, l'avidité, la suffisance. Son psychisme est moins entaché d'absurdités que celui des adultes qui n'ont pas cessé d'en accumuler durant toutes leurs années de nébuleuse démarche en ce monde. Toutefois, quel que soit le nombre d'obstacles à franchir pour atteindre la liberté, tout peut être abandonné, balayé, d'un seul coup, en un claquement de doigts. »

le vieil homme fit une courte pause pour me fixer droit dans les yeux. Quelque chose semblait pétiller au fond de son regard. Ses yeux étaient étrangement calmes, toujours en repos. Aucune agitation ne venait perturber cette tranquillité.

« Pour être libre enfin, il ne faut pas être attaché à son passé. Il faut l'oublier. Et éviter les pièges de la tentation de la Connaissance. »

« Mais sans connaissance on reste ignorant ! »

« Tu veux la connaissance, mais la connaissance c'est le pouvoir ! Or le pouvoir emprisonne la personnalité. Il la rend importante, la liant à l'existence. Pour être libre, le moi doit disparaître. Il est toujours présent et cependant il n'est plus là. Ainsi la perception une fois libérée n'a plus de limite. Et il n'est pas besoin de connaissance pour cela.
La liberté est au-delà des mots, des pensées, des sensations, au-delà de la raison. Elle n'est rien. Une aventure sans fin. Un petit bout de quelque chose pour laquelle nous risquons notre vie.
La liberté est au bout du chemin. Elle est le chemin. À toi d'apprendre à parcourir les sentiers de l'Amour. »

« Où conduit ce chemin ? Et comment fait-on pour l'emprunter ? »

« Comme tous les chemins, celui-ci ne mène nulle part. On est sur le chemin du cœur, quand nos pas se confondent avec le sentier. Lorsqu'on devient la voie, qu'on ne fait plus qu'un avec elle. »

« Mais quel intérêt y a-t-il à suivre un tel chemin, si on ne sait même pas où l'on va ? Où est le plaisir ? Comment peut-on aller sans but vers quelque chose que l'on ignore, sans savoir si on atteindra la félicité ou la déception ? »

« Il n'y a aucun intérêt à suivre une telle voie. Le plaisir est dans son parcours, et le but inexistant. Je te le répète, seul celui qui n'espère rien ne peut tomber dans le désespoir.
Choisis ce chemin et tu comprendras. Tu as déjà posé le pied dessus, alors déplace l'autre et avance doucement, sans t'arrêter. Ne cherche pas à comprendre ce que tu y fais et ne te retourne pas. »

J'étais saisi d'intérêt par tout ce que me racontait mon nouvel ami. Comme avec le faune de mon rêve, quelque chose d'inexplicable résonnait en moi, et je buvais ses paroles, même si je ne comprenais pas tout. Mais contrairement avec l'être onirique, une foule de questions se pressait et se bousculait dans ma tête. Je n'avais de cesse de le questionner sur tous les sujets soulevés. Je sentais que je pourrais rester une éternité en sa compagnie sans m'en lasser. Un sentiment de vive admiration envers le vieil homme et tout son savoir m'emplissait. Même si je doutais que tout ce qu'il venait de m'entretenir était véridique, cela n'en demeurait pas moins extraordinaire, et m'émerveillait.

Le vieil homme m'apparaissait telle une lampe de sagesse qui éclaire la voie des hommes, un phare au sein de l'abîme. Mais un phare trop éloigné de tous, sur un rivage abandonné, un phare dont la lumière éblouissante empêche quiconque de pouvoir la regarder directement.

« Comment savez-vous toutes ces choses ? »

« Oh, détrompe-toi, je ne sais pas tant de choses que cela. Je sais seulement les choses sans les savoir ! »

« Pourtant, vous avez l'air sûr de ce que vous avancez ! »

« Oui, c'est vrai. Je connais parfaitement ce dont je parle. Quelqu'un m'a appris tout ceci. Mais depuis, j'ai tout oublié. Je fais seulement appel à mes souvenirs. À ma capacité à puiser au plus profond de ma mémoire. Qui n'est d'ailleurs peut-être pas la mienne »

« Ce savoir semble inépuisable. Comme si vous connaissiez tout. Alors pourquoi ne pouvez-vous pas m'expliquer... certaines de ces choses ? »

« Je pourrais tout expliquer, mais c'est toi qui ne comprendrais pas. »

« Mais ces mondes d'au-delà de la conscience physique, et mes songes, comment connaissez-vous tout ça ? »

« Par intuition. Je laisse jaillir ce qui me vient. »

« Cela me fait penser à quelque chose... oui, c'est un peu comme dans mes rêves ! »

Comme je paraissais réfléchir à ce que j'allais dire, il me pressa de poursuivre.

« Il me vient parfois certaines choses à l'esprit, une connaissance sortie de nulle part, que je ne peux pas m'expliquer, mais qui me fait savoir ce dont j'ai besoin de savoir. »

« Oui, c'est comme une petite voix à l'intérieur qui se fait entendre quand on en a besoin. Quant à ces mondes que tu dis magiques, je les ai longtemps fréquentés. »

« Et vous ne les fréquentez plus ? »

« Oh non ! Tout cela n'a plus d'intérêt pour moi. Ils ne sont qu'illusoires. À moins d'avoir quelque chose de particulier à y « voir ». Sinon je me contente de ce monde-ci. Il y a déjà tellement de façon de le « voir », que cela suffit amplement à occuper tout mon temps.
En fait, je ne m'intéresse plus qu'au monde de ma conscience. Et à celui des autres quand ceux-ci me le demandent. Seule la liberté accapare mon attention aujourd'hui. Elle est la seule force motivante que je connaisse.
Et puis, tu sais, je ne suis plus tout jeune. »

« Pourtant vous semblez vous porter à merveille ! »

« Arrivé à un certain niveau de pouvoir, entraînement et exercices deviennent inutiles. Tout ce dont on a besoin pour être dans une forme impeccable consiste à ne pas faire. Le tout est de ne pas avoir d'habitude. Les

habitudes sont contre-nature. Elles figent. Seul le mouvement est lié à la Vie. Les habitudes doivent passer sous le seuil de la conscience, ne plus accaparer l'attention, si elles sont un gain d'énergie, ou disparaître dans le mouvement de la vie si elles n'apportent rien.
Tel que je vis aujourd'hui, je pourrais me contenter de demeurer impassible, de ne jamais agir, puisque je ne donne aucune importance à mes actions comme à mes non-actions. »

« Qui êtes-vous, en réalité ? »

« J'ignore qui je suis. Comment puis-je savoir qui je suis, alors que je suis tout ce qui m'entoure. Je sais seulement que je ne vais nulle part, comme tout le monde. Nous sommes qui nous sommes, quel que soit l'endroit d'où nous venons, quel que soit notre passé, si celui-ci est oublié. Un homme libre n'est plus rien de particulier. Il est tout cela, et bien plus encore que ce que tu peux voir. Il est sans limites. »

« Pourtant, les gens racontent beaucoup de choses sur vous. Et des choses pas toujours sympas. »

« Laisse les gens dire ce qu'ils veulent. C'est l'ignorance qui me condamne. Je n'ai plus besoin de justifications. Je peux me passer de la reconnaissance des autres. Seuls les égos absorbés par eux-mêmes jugent de ce qu'ils ne peuvent entrevoir. Ils n'ont plus aucun pouvoir sur moi. Je suis détaché de tout cela. Parce que j'ai incorporé ce détachement. »

« Mais les autres ont peur de vous. »

« Bien sûr, ce qui est différent et qu'on ne peut expliquer fait toujours peur.

J'ai créé autour de moi un brouillard qui me permet d'être libéré de l'attention des autres. Personne ne peut me contraindre à ses idées. Je n'ai aucune explication à fournir à personne. Je ne peux mentir ni tromper personne.

Personne ne me connaît, personne ne sait rien de moi. Cela me libère des encombrantes pensées de mes semblables. Ainsi, j'ai acquis l'ultime liberté de demeurer inconnu.

J'ai pu effacer mon histoire, oublier ce que j'ai été. Seul l'instant compte. Parce que j'ai acquis la capacité de me plonger dans l'instant sans avoir aucune pensée pour le reste. Je me sers de l'attention sans avoir d'intellect. Et là où je me trouve, je suis satisfait. »

« J'avoue que je ne comprends pas tout ce que vous dites, mais cela me surprend et me bouscule quelque peu. »

« C'est une bonne chose alors. La surprise crée un état de conscience favorable au changement en détruisant les liens mentaux se raccrochant au passé. »

« Pourquoi faites-vous tout cela pour moi ? »

« Que veux-tu, j'ai tout mon temps, donc je peux bien faire un geste pour toi. »

« Mais, vous venez de me dire que vous n'aviez plus beaucoup de temps ? »

« Et oui, et je ne t'ai pas menti. Ni maintenant quand je te dis que dans ma vie être pressé n'existe pas. Je t'ai aidé à voir un peu plus clair dans tout ce fourbis, parce que tu me l'as demandé. Et que ton cri de détresse était sincère. C'était un cri qui venait du cœur. Mais maintenant, c'est à toi d'agir. À toi de prendre les décisions te concernant. C'est à toi de choisir dans quelle direction tu veux poursuivre ton chemin. Si tous ces mondes sont réels ou non pour toi. À toi de « voir » tout cela. De l'accepter ou de le refuser. Les explications ne sont plus utiles. Tu dois le vivre par toi-même. »

Ses petits yeux malins pétillaient de vie. Il semblait être parti très loin, et pourtant, si présent, si proche de moi. Je crois qu'en cet instant je n'avais plus rien à dire.

« Voilà. Je crois que j'ai assez parlé. À toi d'agir à présent, selon ta conscience. Quant à moi, il faut que je me repose. Va vers ta destinée, le cœur empli de joie et l'esprit confiant. Je te reverrai bientôt de toute manière. »

Nous nous étions levés. Arrivés au portail du jardin il me désigna la ligne d'horizon, ajoutant sur un ton énigmatique, pour clore la discussion :

« Va parcourir encore une fois l'Aurore aux Lys Blancs... et reviens me conter sa chanson quand tu l'auras apprise. Tu as tous les éléments en mains, à toi de savoir les agencer correctement désormais. »

Et il rentra dans sa demeure après un dernier sourire.

37

Flux et Reflux du Tourment

Je quittai mon vieil ami pour replonger dans les affres de mes tourments. Si sa parole avait trouvé écho en mon esprit, il n'en demeurait pas moins qu'elle n'avait pas résolu mes problèmes. Je devais désormais affronter la houle parentale, sans digue pour me protéger des vagues furieuses.

Effectivement, en arrivant à la ferme, je fus pris dans une véritable tempête. Quand ils virent ma figure couverte de bleus, cela n'arrangea pas mes affaires. Je n'eus droit à aucune excuse pour me justifier. J'étais coupable du crime de lèse majesté. Comme d'habitude, je me réfugiai dans le havre de ma chambre, résolu à ne plus paraître en bas tant que mes parents seraient là. C'est ainsi que je refusai de descendre pour le dîner. Sur moi planait la punition de me ramener à Paris. C'est cette dernière menace qui décida de la suite des événements.

Je préparai toutes mes affaires pour le lendemain, en vue du long voyage. Et je me couchai tôt.

Une fois de plus, je me retrouvais dans l'interminable plaine, à tenter de capturer un cheval. Je devais chaque nuit tout recommencer à zéro. Pister le troupeau. Une fois décelé, m'approcher de lui sans me faire remarquer. Dès que j'étais suffisamment près je me jetais sur le cheval que j'avais choisi. C'était celui-là que je voulais, et pas un autre. J'usais de divers stratagèmes tous plus tordus les uns que les autres pour déjouer sa vigilance et grimper dessus. Plusieurs fois je parvins à me hisser sur son dos, mais à chaque fois il me jeta à terre.

Finalement, je réussis à le retrouver. Cette fois j'étais grimpé sur un rocher, et c'est du haut du petit massif rocheux que je sautai sur le dos de l'étalon.

Il se débattit furieusement, pas très ravi d'avoir à supporter un poids. Il rua, s'ébroua, se cabra, tourna dans tous les sens. Le combat dura des heures, mais je tins bon. Et brusquement il s'arrêta. Je demeurai crispé, pensant que c'était une nouvelle ruse. Mais non, il abandonnait la lutte. Il se livrait à moi. Il s'avouait vaincu et se laissa mettre la bride à l'encolure. Alors, il se fit docile. Je pus le caresser et lui parler. Ainsi, nous devînmes deux grands amis. Il m'avait fallu de nombreuses nuits rien que pour parvenir à l'attraper et à le dompter. Le reste se fit rapidement.

Je pus dès lors, entreprendre la suite de ma quête : aller chercher l'épée magique englacée au sommet de la montagne.

Mon nouvel ami avait compris sans que je n'ai rien eu à lui dire et nous chevauchâmes longtemps à travers les prairies avant de voir poindre le sommet enneigé de la montagne.

C'est là que je mis pied à terre pour la première fois depuis que j'avais réussi à me faire accepter par l'étalon. Je m'assis sur un rocher le temps de me reposer un peu, et de le laisser souffler. En fait, nous n'étions pas fatigués, mais d'où j'étais installé, je pouvais contempler la montagne, se dressant fièrement au milieu de la plaine. Partant de la terre pour atteindre le ciel, le sommet noyé dans les nuages, elle s'élevait telle une forteresse imprenable. J'en profitai pour faire le point sur ce que j'avais gagné de ma lutte des derniers temps.

Une persévérance incroyable, et l'acceptation de bien des efforts à endurer. De même, la peur m'avait enfin quitté. Et surtout, j'avais acquis un nouvel ami. J'avais même le sentiment que nous ne formions plus qu'un seul être. L'homme-cheval. La réunion des contraires. Je compris ce qu'on avait voulu m'expliquer plusieurs fois en ce qui concernait l'intégration des émotions et des réflexions, de la spontanéité et de la conduite, les mouvements naturels et ceux dirigés. À nous deux nous symbolisions tout cela.

C'est à travers ces quelques réflexions que je me sentis tout à coup rappelé, happé par l'obscurité. La nuit n'allait pas tarder à se terminer. Et j'avais autre chose à faire ailleurs. Je ne devais pas être en retard.

38

L'Aigle Blanc

Je me levai très tôt ce matin-là, afin d'être sûr que personne, c'est-à-dire ma tante, ne serait déjà debout. Je descendis les escaliers sur la pointe des pieds, pour ne pas faire de bruit, mon sac sur le dos. J'avalai quelques biscuits, récupérai des provisions dans le placard de la cuisine et quittai la maison toujours plongée dans l'obscurité. Seule Tania se réveilla. Elle gronda. Mais elle se tut dès qu'elle eût reconnu ma voix. Sur l'horizon une ligne blanche commençait à souligner l'aurore naissante.
Je disparus en direction de la montagne, bien résolu dans ma décision de ne pas rentrer à Paris avec mes « vieux ». Et puis, j'avais un compte à régler avec le jeune du village qui gardait le troupeau à ma place. Je n'allais tout de même pas quitter la région sans avoir résolu le problème.

Lorsque je parvins à l'endroit où paissait le troupeau, son gardien fut surpris de me voir.

«Tiens, te r'vlà ? Tes vieux sont partis ? »

« T'occupe pas d'ça ! Tu es libre, tu peux rentrer chez toi ! »

Il s'attendait à être remplacé par mon cousin. Mais trop heureux de retrouver sa liberté, il ne chercha pas à comprendre ce qui se passait. Il ne me questionna pas plus à propos des marques sur mon visage. J'avais failli oublier les bleus. Mais la façon dont il m'examina me le fit rappeler. Il s'en alla sans demander son reste.
Je lui criai, tandis qu'il s'éloignait :

« Et tu pourras dire à tes amis que nous sommes quittes. Et qu'ils se sont lourdement trompés. Ce que j'ai fait, je l'ai fait ni pour eux ni contre eux ! »

Et il disparut.
Je réalisai tout à coup ce que je venais de faire. Et j'en fus heureux. Presque soulagé. J'avais bravé les interdits. Je venais de m'opposer à la volonté de mes parents. D'enfreindre la « loi » préétablie. Puisqu'on ne voulait pas respecter mes choix, et bien, je les imposais. Et s'ils voulaient me ramener avec eux, il faudrait qu'ils viennent me chercher jusqu'ici. Bien sûr, ils pourraient toujours envoyer les gendarmes. Mais contrairement à eux, je les connaissais trop bien. Jamais ils ne le feraient. Cela nuirait trop à leur réputation. Leur image de marque en prendrait un coup. Non, ils m'attendraient plutôt de pied ferme à Paris. Mais d'ici là, beaucoup d'eau aurait le temps de couler sous les ponts.
J'étais ravi de ce que je venais d'entreprendre. Pour la première fois je désobéissais volontairement à mes parents. Je m'opposais ouvertement à leur décision. Et surtout, j'étais heureux de me retrouver seul dans la montagne. Seul être humain, car Black également était là, heureux de me retrouver, manifestant sa joie à sa façon. Il

n'en finissait pas d'aboyer, de japper, de bondir en tous sens. Il se jetait sur moi, me mordillait. Les deux pattes sur mon torse, il me léchait le visage. Je dus calmer mon enthousiasme afin de tranquilliser ses débordements d'affection. Un lien étroit nous unissait, dont je venais juste de prendre conscience. Il était mon compagnon d'infortune. Toujours présent. Fidèle à notre amitié. Le même amour de la montagne, de la vie en grand... semblait nous animer.

Je retrouvai rapidement mes marques. Et toutes les habitudes si difficilement acquises les premiers jours de mon expérience montagnarde. Je flirtai avec le vent, dans une longue promenade, allai me rafraîchir aux ruisseaux... tout au long de l'après-midi, jouant toute ma félicité au travers des airs de flûte...

C'est éreinté que je me couchai ce soir-là. Mon euphorie ne m'avait toujours pas quitté.

Je retrouvai le cheval là où je l'avais laissé. Il m'attendait bien sagement, broutant l'herbe pour passer le temps. Je me demandai en le voyant ce qu'il se passait quand j'étais absent de ce monde. Si le temps s'arrêtait. Si les autres êtres percevaient mon absence. Mais je coupai court à ces questionnements, sachant que je n'obtiendrais pas de réponse.

Je m'approchai de l'étalon. Je le caressai, lui parlai à l'oreille. Il ne broncha pas et se laissa monter docilement. Alors nous reprîmes notre route en direction de la montagne.

Mon cheval filait rapide comme le vent, sa robe fumant, frappant l'air de ses sabots. Touchant à peine le sol, nous survolions les obstacles. Nous atteignîmes très vite le pied de la montagne et les premiers contreforts du Refuge des Solitaires. D'en bas, elle me parut immense, comme dominant le monde, plongeant dans le bleu du ciel. Elle était si gigantesque qu'elle semblait flotter au-dessus des écueils de la réalité, et pourtant bien enracinée dans la terre. Il nous faudrait plusieurs jours, voire des années pour la gravir.

Nous commençâmes l'ascension, empruntant un chemin serpentant sur son flanc oriental. À mi-parcours du sommet, nous croisâmes du regard, d'assez loin, un combat terrible que se livraient un dieu de pierre et deux géants. Arrachant des blocs de rochers à la montagne, ils se les lançaient, tels des Titans. Nous ne nous attardâmes point.

Ensuite, ce fut la solitude et le vent. Nous entrions dans les royaumes d'Éole, des génies du vent, haut lieu de pureté et d'immuabilité. Quelques cris de volatiles venaient rompre encore par instants la monotonie des lieux dans de sinistres concerts se mêlant aux plaintes du vent. Puis, ce dernier se fit de plus en plus violent, soufflant par rafales. L'air devint glacial. Les démons des pentes vinrent rôder autour de nous pour nous attirer sur les versants abrupts afin de nous donner le Vertige, espérant nous précipiter dans le vide.

D'immenses gouffres sans fond s'étendaient à nos pieds, peuplés d'entités perverses, n'attendant qu'une occasion pour se jeter sur nous. Mais nous avancions prudemment, prenant garde à tous les pièges qui pouvaient survenir. Je savais que nous ne devions pas nous abandonner à la peur, ni à la curiosité malsaine de les observer. Il leur serait alors trop facile de nous attirer dans le vide. Ils étaient là, tapis dans l'ombre, demeurant invisibles, mais bien présents, à nous guetter. Seuls le détachement et la confiance les maintenaient à distance.

Nous approchions des hautes altitudes, là où l'horizon se confond avec la lumière du ciel, et nous pénétrions encore plus avant dans la demeure du vent errant en gémissant tout autour de la montagne.

Le chemin devint escarpé, presque plus visible, semé d'obstacles sur lesquels le cheval trébuchait sans cesse. Il fallait rester vigilant.

Soudain, je vis un aigle tournoyer dans le ciel. Il décrivit sept cercles avant de pousser un cri perçant qui vint heurter la montagne. Son écho ricocha et roula sur les flancs abrupts, arrachant des cailloux qui roulèrent dans un bruit de tonnerre.

Puis ce fut de nouveau le silence.

Je ralentis l'allure du cheval, avant de perdre de vue le grand oiseau solitaire. Puis je fermai les yeux. Je reconstruisis son image dans ma tête. Je visualisai mentalement chaque partie de son corps, puis le corps dans sa globalité. Je transférai mon esprit dans le sien. J'étais devenu aigle.

Un œil dur et cruel. Un corps léger et solide, capable de se laisser porter par le vent, tout en résistant à ses bourrasques. Insensible au froid de la haute atmosphère. Stabilisant ma vision, je plongeai mon regard dans les profondeurs d'en dessous. Je m'immergeai dans un océan radieux. L'atmosphère tout entière semblait flamboyer. L'air était saturé de lueurs évanescentes. Ma nouvelle vision me permettait de voir chaque atome composant l'air. Ils remplissaient l'espace de leurs vibrations incessantes, éblouissants comme « des parcelles de neige vierge sous un soleil radieux ». Leur mouvement était plus rapide que la pensée, si rapide qu'un œil humain ne

pouvait les suivre. Par instants, ils produisaient des éclairs, semblables à la lumière des Aurores Boréales, quand leur intensité devient trop violente.
Je fixai la Terre. Les couleurs du monde m'apparurent. Un rayonnement blanchâtre dominait une infinité de teintes translucides dont les plus profondes m'étaient à peine visibles.
Agitant les ailes, je donnai une puissante impulsion pour attraper un courant aérien. Une fois dedans, je me laissai emporter en une « planante » euphorie.
J'effectuai un dernier demi-cercle dans le ciel. Mais avant de retrouver mon corps d'homme, je tournai mon regard vers le soleil. L'astre illumina mes yeux. Ses rayons fondirent dans tout mon corps, modifiant quelque part ma perception. Je profitais pleinement de cette sensation. Pour la première fois j'avais regardé le soleil en face, sans ciller. Fabuleuse expérience !
Je regagnai le dos de mon cheval.

Je repensai à l'expérience qu'il venait de m'être offert de vivre. J'éprouvai un frisson de terreur en imaginant tous les mystères pouvant encore être cachés à l'œil humain.
À cet instant nous atteignîmes les premières neiges éternelles. Le reflet de la lumière sur ce manteau de pureté m'aveugla. Je n'étais plus aigle. Je fermai les yeux un moment. Puis, je les entrouvris lentement. Petit à petit mon regard s'habitua à l'immaculé blancheur.
Dominant la montagne et les vallées en contrebas, l'Esprit de la montagne m'apparut sous la forme d'un rocher immense, isolé au milieu des neiges. Il gardait l'entrée d'une passe. Je m'approchai, déposai une plume d'aigle au pied du guerrier légendaire, pour m'octroyer son

accord. Le gardien de pierre ne broncha pas. Il acceptait mon offrande et me laissa passer.

Nous continuâmes d'avancer, la neige crissant sous les sabots du cheval. Notre haleine s'échappait en vapeur de notre bouche, pourtant nous n'avions plus froid.

Nous empruntâmes un dernier couloir étroit qui aboutissait sur le glacier au centre duquel nous découvrîmes l'épée reposant depuis des générations, nous attendant. Dans cet univers de lumière, un rayon encore plus éclatant semblait descendre du ciel pour éclairer l'emplacement de l'épée magique.

À nouveau je frissonnai, éclaboussé de soleil jusqu'au plus profond des yeux. Étourdi un instant par la lumière du ciel, je failli perdre l'équilibre et glisser de ma monture. Je me ressaisis à temps.

L'épée renvoyait un éclat inconnu, qui restait insoutenable à mon regard.

Quand nous ne fûmes plus qu'à quelques pas de l'emplacement, j'arrêtai le cheval et je mis pied à terre. Ce fut les yeux mi-clos que j'approchai de l'épée. Je me retournai pour jeter un dernier coup d'œil rapide en arrière. Nous dominions le monde qui se perdait dans un lointain brumeux où le regard porte difficilement. De là-haut, je vis les saisons défiler, comme se succédant à une allure folle, et disparaître par-delà la montagne.

39
Ælian : l'Épée Magique

Á cet instant des gémissements me parvinrent. Ils provenaient de derrière un rocher. J'hésitai. Je touchais au but et je n'avais pas envie d'être détourné de ma quête maintenant. Pourtant, le désir de savoir ce qui se passait fut plus fort. Il m'entraîna de l'autre côté de la pierre.
Je découvris, étendu dans la neige, un corps se convulsant de douleur. C'était celui d'un garçon, plus jeune que moi je crois, qui pleurait en se tenant la tête à deux mains.

« Hé bien, que t'arrive-t-il, petit ? » lui demandai-je doucement pour ne pas l'effrayer. Il ne m'avait pas entendu approcher et sursauta.

« Qui est là ? Qui êtes-vous ? »

« Je viens en ami. Je ne te veux aucun mal.
Pourquoi pleures-tu ? »

« C'est terrible ! Je ne vois plus rien.
Je suis aveugle ! »

« Calme-toi, et dis-moi ce qui t'est arrivé. »

« C'est lorsque j'ai voulu me saisir de l'épée, une grande

lumière est apparue et m'a ôté la vue.
Ça me brûle. »

Je retournai au cheval pour y prendre ma gourde.

« Tiens-toi tranquille.
Laisse-moi faire. »

« Que voulez-vous faire ? »

« Ce n'est rien. Ce n'est que de l'eau.
Et puis, tu peux me tutoyer. »

Je soulageai sa douleur avec un peu d'eau fraîche. Mais je ne sus pas quoi faire pour lui rendre la vue.

« Merci, mon Dieu.
Soies béni pour ton geste ! »

« Allons, ce n'est pas grand-chose.
Je ne suis pas guérisseur, mais quand j'aurai accompli ce que je suis venu faire, j'essaierai de trouver un moyen de t'aider. En attendant, tu vas rester là.
Ne bouge pas, je reviens tout de suite. »

« Où vas-tu ? »

« M'enquérir de l'épée. »

« Oh non ! Ne fais pas ça.
Elle te brûlera les yeux comme à moi.
C'est horrible ! Je t'en conjure. »

« Peut-être aurai-je plus de chance que toi.

De toute façon, je n'ai pas le choix. J'en ai besoin.

Allons, reste tranquille et ne t'inquiète pas. Ce ne sera pas long. »

Je retournai vers l'épée. Aucune crainte ne m'habitait. Alors que l'accident du jeune homme aurait dû me refroidir, j'étais au contraire encore plus déterminé que jamais.

Je m'approchai de nouveau de l'épée.

Je sentis une force irradier en son centre, quelque chose de puissant et d'indéfinissable, comme une accumulation, une concentration d'énergie prête à tout faire exploser.

Je tendis les bras et agrippai la poignée. Un feu brûlant remonta dans mes membres et se déversa dans tout mon corps. Je tirai de toutes mes forces sur l'épée, la délivrant de sa prison de glace. Au moment même où je retirai l'épée, un éclair jailli du ciel vint frapper la montagne. Le tonnerre roula. L'instant d'après, des nuages sombres s'amoncelèrent.

Je retournai vers le garçon. C'est curieux parce qu'il devait bien avoir mon âge, mais mon âge terrestre. Or je me sentais beaucoup plus vieux que lui.

Lorsqu'il m'entendit revenir, il m'interrogea aussitôt.

« Et alors ? Tu ne l'as pas fait ! »

« Si. »

« Et tu vois encore ? »

« Oui. J'ai même l'épée avec moi, dans la main ! »

« Mais qui es-tu ?...
Ô Seigneur. Merci.
Tu es venu me sauver. »

« Te sauver ? Je ne sais pas de quoi tu parles.
Par contre, t'aider je le peux. Mais que puis-je faire ? »

« Donne-moi tes mains. »

« Mes mains ? »

« Oui, tes mains. »

Et il m'attrapa les mains qu'il serra fortement. Il les rapprocha de son visage et les posa sur ses yeux. Un grand soulagement sembla le gagner.

« Oui. C'est cela. »

Il relâcha son étreinte.

« Es-tu guéri ? »

« Non, pas complètement. Mais ça va mieux. Je n'ai plus mal.
Et... il me semble que... oui... l'obscurité s'en est allée.
Je ne vois pas encore, mais je perçois des ombres... »

« Alors tant mieux. Peut-être que la vue te reviendra en chemin.
Il est temps de repartir. Je me suis assez attardé ici.
Le temps est en train de tourner à l'orage. »

« Non, ne me laisse pas !
Emmène-moi avec toi.
Ne me laisse pas seul ! »

« Bien sûr que je ne vais pas t'abandonner, jeune écervelé.
Allez, debout. Filons d'ici avant de nous prendre l'averse. »

Je l'aidai à se relever et le dirigeai vers ma monture. Je le fis grimper, puis je pris le cheval par la bride et le conduisis à ma suite hors de ce monde immaculé de glace et de neige. De l'autre main j'étreignais l'épée. Symbole de force et de pouvoir. Celle qui confère la maîtrise du monde des sensations, la force de discrimination et de discernement de la conscience.

Lorsque nous eûmes retraversé le couloir étroit, le garçon m'indiqua où récupérer sa mule. Quand elle avait vu le défilé, elle avait refusé d'aller plus loin, m'expliqua-t-il. Et rien à faire pour lui faire changer d'avis. C'est bien connu, têtu comme une mule ! Alors, il l'avait amenée à l'écart du chemin, pour qu'on ne la lui vole pas.
Comme je m'apprêtais à monter sur sa mule, il refusa et voulut que je récupère mon cheval.

« Ce n'est pas digne de toi.
Tu ne vas pas te rabaisser si bas pour moi.
Reprends ton cheval. »

« Et pourquoi ?
Il n'y a pas de honte à monter une mule !
Voyons. Ne sois pas idiot.

C'est beaucoup plus sûr pour toi tant que tu n'auras pas recouvré la vue.

Après quoi nous reprendrons nos montures respectives. »

Nous reprîmes notre route. Nous n'avions pas de temps à perdre en longues palabres. Un nouvel éclair aveuglant claqua, suivi de près d'un violent coup de tonnerre.

Tandis que nous quittions le songe de pureté déposé sur terre par les étoiles, à l'endroit même où la glace formait un filet d'eau pour reprendre ses rêves de liberté, l'averse s'abattit sur nous.

40
Eau et Feu

Ce fut dans la tempête et la bourrasque que nous redescendîmes la montagne, dévalant les pentes au risque de nous rompre les os. Nulle part nous ne trouvâmes d'abri contre l'orage. Le vent gémissait avec une voix de femme.

Tandis que nous dépassions les premières manifestations de la végétation, la foudre s'abattit violemment sur le sol près de nous, et un arbre s'embrasa, répandant des milliers d'étincelles flamboyantes alentour, comme pour marquer sa chute finale. Car juste après ce dernier coup de tonnerre, la tempête s'éloigna et le vent s'apaisa, chassant au loin les sombres nuages parcourus de zébrures. Rapidement la pluie cessa également, ne laissant plus dans l'air qu'un goût de brûlé.

Nous étions trempés, mais nous pûmes ralentir notre course qui demeurait toutefois dangereuse. Le sol était encore glissant. Le soleil réapparut et nous sécha rapidement. Le reste de la descente fut plus tranquille.

Arrivés tout en bas de la montagne, nous croisâmes un bélier. Il se tenait immobile au milieu du chemin, telle une sentinelle nous barrant le passage.

Je stoppai ma monture. J'hésitai. Et comme finalement je

décidai de poursuivre, avançant à nouveau, il se retourna pour ouvrir la marche, nous guidant jusqu'à l'entrée d'un trou noir, une faille traversant la paroi de la montagne.
Nous nous arrêtâmes devant l'entrée de la caverne, au pied d'un monolithe blanc. Le garçon avait partiellement recouvré la vue. Ses yeux s'amélioraient lentement. Je ramassai quelques herbes dont je savais que les propriétés permettraient d'accélérer le processus de guérison. Je les lui remis. Je lui expliquai que nos routes se séparaient là.
Il protesta vigoureusement, prétextant qu'il avait encore besoin de moi. Il voulait que je le suive jusqu'au village. Des démons échappés des enfers le pourchassaient et effrayaient les villageois. Il voulait que je les défassent. Je déclinai l'offre.

« Tu seras notre champion. Tu es l'élu. C'était écrit dans les prophéties qu'un seigneur armé d'une épée de feu viendrait guerroyer et nettoyer le pays des monstres qui l'infestent. Il faut absolument que tu m'accompagnes. »

Je refusai encore.

« Nous te couvrirons d'or et de gloire. Tu seras aimé de tous, choyé, jalousé... Tu seras notre maître. »

Il me proposa ainsi de nombreuses récompenses, toutes plus attrayantes les unes que les autres. De l'argent, des terres, des titres... Il m'informa des nombreuses jolies filles à marier, si je les délivrais des démons. Mais rien n'y fit. Je ne désirais rien. Je n'avais nul besoin de tout cela.

« Non, je te remercie. J'ai une quête à mener à bien. Je ne

puis m'attarder ici plus longtemps. Si tu as des problèmes, c'est à toi de les régler tout seul. »

« Je connais une tour bien gardée, où une princesse est retenue prisonnière. Nous pourrions aller la délivrer. Elle est vraiment très belle et terriblement malheureuse. Ses gardiens sont des bourreaux intransigeants et cruels. »

« Non, je t'en conjure. Il est des chemins qui mènent vers des choses importantes, et d'autres qui égarent. Ma voie n'est aucune de celles-là. »

« Alors, laisse-moi t'accompagner. Je serai ton écuyer. »

« Non. Je n'ai besoin de personne. Là où je vais, je dois m'y rendre seul.
Retourne dans ton village. Auprès des tiens. Et assume-toi. »

Comprenant enfin que j'étais résolu, il n'insista plus. Nous échangeâmes nos montures, et je pris congé de mon jeune ami, après lui avoir souhaité une dernière fois bonne chance.
J'étais soulagé. J'avais compris le symbole. Je venais de me débarrasser de mon innocence passée. Le jeune garçon naïf que j'étais avant. Ce sacrifice me permettait de ne pas perdre le contact avec la réalité.
J'étais aussi capable désormais, malgré les embûches et les détours, de me fixer un objectif et de le suivre avec persévérance. Sans succomber à la première des tentations.

41

Descente aux Enfers :
le Chevalier Rouge

Après nous être reposés quelques temps, nous repartîmes. Passé le rocher blanc, je pénétrai dans l'antre béant, en tenant la monture par la bride. Je m'apprêtais à remonter en selle lorsque j'aperçus une ombre se dirigeant droit sur moi. C'était celle d'un chevalier en armure pourpre monté sur un noir destrier. L'image classique du conquérant, celui qui obtient tout par la force, la contrainte et la domination. Je restai sur mes gardes. Je sus tout de suite qu'il n'y aurait pas d'alternative, qu'il me faudrait me battre avec lui. Pourtant, j'évitai de le provoquer. Je tentais de temporiser.

Il s'arrêta à quelques pas de moi et me fixa de son regard vide. Au bout d'un instant, il se décida à esquisser un geste. Il me tendit quelque chose. J'examinai attentivement ce qu'il me présentait. C'était deux fèves noires. Je refusai d'emblée son cadeau. Il ne dit rien, ne réagissant pas. Je grimpai en selle et fit mine de m'éloigner. Le chevalier m'emboîta le pas. Il me suivit en silence. Je décidai de l'ignorer. Mais je le surveillais du coin de l'œil.

Nous nous enfonçâmes dans la caverne, où tout devint nuit, une nuit d'encre qui nous avala. L'obscurité donnait une délicieuse sensation de paix et d'harmonie. Elle se déversa sur moi telle une coulée chaleureuse de bien-être. Mais cette première impression furtive se dissipa rapidement pour laisser la place à une nouvelle sensation, désagréable celle-là. Une profonde tristesse m'enveloppa dans son linceul. Tout à coup, je me sentais seul. Un terrible désir de compagnie m'envahit, un besoin d'amitié, de chaleur humaine. Puis ce fut autre chose... En fait j'étais emporté malgré moi au travers d'émotions changeantes et violentes. Il y avait dans l'air quelque chose de bizarre, d'indéfinissable. Le silence troublant, l'obscurité instable... Je regardais le vide sans rien fixer. J'eus la sensation très nette de plonger dans de l'eau glacée. Un *ténèbre* dense avait emporté la couleur des choses, et la perception se fit différente, juste le temps de s'adapter. Le moindre bruit prit une portée considérable. Les portes de l'enfer s'étaient ouvertes.

Dans un premier temps, mes yeux s'efforcèrent de percer les ténèbres, fouillant l'obscurité. Je sentis alors une chaleur contre ma cuisse et je repensai à l'épée. Je la sortis et elle se mit à briller d'un éclat puissant, éclairant l'obscurité de son feu magique, creusant un puits de lumière dans cette encre épaisse. La nuit sembla s'éclaircir tout autour de nous, comme si elle s'allumait de lueurs, une poussière de clarté pleuvant de la sérénité de la nuit.

Épée au poing, précédé d'une flamme de lumière blanche, nous avancions désormais à travers l'immensité de la nuit. Et toujours le chevalier rouge sur les talons qui nous suivait.

C'est avec une certaine assurance que je progressais dans

ce dédale inextricable d'ombres épaisses. Je me déplaçais avec une grande dextérité, confiant en mes facultés et en celles de mon cheval, ignorant toute crainte car je savais, pour en avoir déjà fait l'expérience, qu'une attitude sans peur pouvait m'empêcher de m'inventer de nombreux dangers.

J'étais dans un lieu de pouvoir. Je ne devais pas être troublé par ce que je voyais, ou ressentais, si je ne voulais pas être vidé de mon énergie. Je sentais à travers la roche des parois la force *immobilisante* de la matière inanimée, comme un faible rayon de lumière qui aurait pu me clouer sur place. Je devais continuer à avancer sans hésiter, sans m'arrêter. Je me doutais qu'un tel lieu pouvait me retenir et me garder prisonnier, m'ancrant sur place pour une éternité.

J'avais enveloppé le côté rationnel de ma conscience dans sa partie éthérée pour me donner un sens de calme raisonnable tout en me protégeant des initiatives excessives de la raison, en lui conférant une influence minime.

En cet instant, je repensai à mon ami le faune. Ce qu'il m'avait enseigné me permettait de comprendre ce qu'il se manifestait autour de moi. C'est comme si je l'entendait encore me communiquer tous ses infimes secrets.

À travers cette nuit, celui qui sort sans lumière, n'a plus le pouvoir de décider. Il perd ses repères de petit homme lorsqu'il s'aventure dans ses profondeurs. Et la pensée, sans ses marques coutumières, glisse doucement vers ces zones de l'esprit réservées aux périodes d'obscurité. Ces plans lointains du psychisme qui s'évanouissent dans la nuit de l'inconscient. Sans les rassurantes balises du chemin, sans les bruits familiers, les signes concrets, la pensée intellectuelle précise vacille. Sournoisement se déploie le contenu de l'inconscient sur cet écran de nature nocturne.

Paradis des émotions refoulées, des désirs interdits, des pulsions latentes et des vieilles inquiétudes enfouies, et enfer de la pensée claire et logique, de la raison, des sens communs. Heureusement, j'avais ma lumière pour m'éclairer, me guider dans ce monde de ténèbres, sans sombrer dans l'inconscience.

Nous traversions le pays des songes obscurs. Tout autour de nous des ombres semblaient se mouvoir. L'obscurité paraissait avoir des yeux pour nous épier, et des visages par milliers invisibles. Dans cet univers crépusculaire où tout était sensitif et pourtant indistinct à l'œil, apparaissaient certaines choses qui ne se voient plus mais qui se sentent avec d'autres sens, comme un indéfinissable pressentiment, des manifestations qui dépassent l'entendement, en des résonances surnaturelles. Tout était là, disposé, sans être discernable. Seule l'Intuition guidait nos pas.

Je pressentis une Présence à mes côtés. Sans la voir, je la sentais là, tout près de moi. Une Présence subtile et rassurante, drapée dans le voile obscur de la dissimulation. Cette Présence même qui insuffle l'Intuition. Mon ange gardien ? Bien que se tenant là, à mes côtés, elle se faisait encore distante, lointaine. Inaccessible.

Nous arrivâmes devant un gouffre que nous franchîmes d'un trait. Le chemin semblait tout tracé, et je filais sur mon cheval, indifférent à l'obscurité, descendant toujours plus profondément dans les entrailles de la terre.

Nous croisâmes sur notre route de nombreuses formes silencieuses et errantes. Il y avait d'autres vagabonds dérivant dans ce monde, cette nuit. Aucune des formes ne m'approcha ni ne me parla. Je me demandais si seulement elles me percevaient.

À quoi rêvaient-elles ? Que cherchaient-elles ? En tout cas, on aurait dit que je n'étais pas là pour elles.

De nombreuses sensations me parvenaient à l'approche de ces errants. Je percevais leurs sensations dès que je me trouvais à proximité de l'un d'eux. Je ressentis le froid, la terreur, le trouble... Je me recentrai. Je ne devais pas me laisser distraire par des sensations extérieures, si je ne voulais pas perdre mon chemin.

À un moment, la pente se fit trop abrupte pour que je continue de me laisser porter par l'étalon. Je mis pied à terre et poursuivis en guidant les pas de l'équidé. Nous découvrîmes une volée de marches incrustées dans la pierre. Nous entreprîmes de les descendre. Les marches étaient glissantes, et la pente raide. Aussi fîmes-nous très attention où nous posions le pied, avançant très lentement.

Je ressentis des frissons dans tout le corps. Les parois jusque-là invisibles s'étaient rapprochées, pour sortir de l'ombre. L'espace était plus restreint. Désormais la lueur d'Ælian parvenait à atteindre les murs autour de nous. Sur les côtés, des niches sombres étaient creusées où se tenaient des formes que je sentais être mauvaises. Celles-ci nous observaient, guettant le moment propice pour se jeter sur nous, afin de nous vampiriser.

Je me protégeai dans une attitude de conjuration, pour retenir éloignées les forces mentales qu'elles déversaient sur nous. Les murs étaient imprégnés de charges émotives, d'ondes de pensées noires... Tous les esprits qui se terraient là étaient ceux d'entités morbides cherchant à se greffer sur le psychisme du voyageur pour en épuiser son énergie vitale, dont elles se repaissaient, se nourrissant des fluides vitaux des égarés et des errants, chassant toute conscience passant à proximité d'elles. Je me méfiai de leur hostilité, et les tins à l'écart à l'aide de l'épée enflammée.

Je remarquai que ces entités n'étaient pas réelles, mais bien des projections fantomatiques. En effet, elles n'émettaient aucune lueur susceptible de les identifier, demeurant des ombres dans un royaume d'ombre. Des ombres immobiles. Sans se mouvoir, elles faisaient bouger la vision autour d'elles. Les parois semblaient se déplacer, tremblant légèrement, s'avançant ou se reculant dans mon champ visuel.

Il y en avait de toutes les formes, cependant, la plupart avait un corps tout en longueur, s'élevant en vapeur sombre, telles des flammes de bougie sans couleur, tremblotantes. Je sentis qu'elles essayaient d'entrer en contact avec moi. Les créatures de l'ombre cherchèrent d'abord à m'insuffler la peur. Je me concentrai sur mon incantation. Ma litanie intérieure eut pour effet de renforcer ma volonté. Plus je récitais les mots magiques dans ma tête, et plus je me sentais acquérir de la force dans mon intention.

Voyant leurs efforts vains, les entités de la nuit changèrent de tactique. Elles tentèrent alors de puiser en mon esprit des désirs enfouis inassouvis, histoire de créer quelque projection fantasmagorique susceptible de m'attirer dans les mailles de leur filet. Je chassai les images d'un revers de main négligeant. Une nouvelle fois elles avaient échoué. Je compris en cet instant que j'étais le plus fort, je possédais un pouvoir indestructible qui me permettait de dominer toutes ces créatures. Moi, l'être unique dans ce monde obscur. Il me suffisait de hurler mon intention pour les soumettre à ma volonté, que toutes les entités se jettent à mes pieds et me glorifient. J'allais user de mon pouvoir sur elles quand, tout à coup, je me rendis compte de ce que je faisais : je divaguais.

« Non ! hurlai-je. Amour ! »

Je chassai également ce sentiment de puissance et d'importance que les entités m'offraient pour se saisir de moi, me piéger et m'entraîner avec elles dans leur royaume. Si elles ne pouvaient rien contre ma volonté, elles pouvaient toujours me contraindre à les suivre par des paroles habiles.

« Viens avec nous, nous t'offrirons l'immortalité. Tu pourras ainsi conserver ta propre conscience pour des éternités ! »

La proposition était alléchante, mais je ne fus pas dupe du marché : conserver mon individualité sans fin en échange de mon énergie.

« Non, je refuse de vendre mon âme au diable ! »

Les créatures avaient encore une fois échoué dans leur tentative de me corrompre. Elles me firent part de leur insatisfaction et redoublèrent de férocité.
Une voix intérieure me prévint :

« Tu ne dois pas céder à la panique. Le secret pour leur

échapper est de ne pas avoir peur. Au contraire, transmets-leur une sensation de puissance et de confiance.

Si elles s'accrochent à toi par la peur, elles ne te lâcheront plus et te poursuivront partout. Elles pourraient même t'accompagner dans l'autre monde, pour te sucer jusqu'à la moelle toute ton énergie, renforçant sans cesse cette sensation de peur.
Tu dois te défier d'elles sans en avoir peur. »

Je levai bien haut Ælian et poursuivis ma route, me fermant à leurs appels. Après avoir usé de maintes tentations pour m'empêcher d'atteindre mon but et de traverser le cercle des ombres, les entités malignes durent sentir que ma volonté était plus forte qu'elles, car elles cessèrent de me tourmenter. Les créatures de l'ombre ne tentèrent plus rien, bien que leurs intentions mauvaises émanaient toujours en volutes visibles, se répandant tout au long de notre chemin.

Finalement, nous atteignîmes le bas des escaliers sans encombre.

Là, je me retournai. Le chevalier était toujours derrière moi, à me suivre. Je finis par en être exaspéré. Je me doutais qu'il attendait un moment de faiblesse de ma part pour me fondre dessus. Je n'avais guère le choix. Il fallait que je l'affronte. Le moment était venu. Le terrain me paraissait convenir. Après, il serait peut-être trop tard.

Je fis faire volte face à ma monture et m'approchai de lui. Il me tendit à nouveau ses fèves. Je les balayai d'un revers de main. Le chevalier tira son épée de son fourreau en un geste lent, mais certain de lui, m'invitant à me battre. Bien qu'ayant peur, je me sentais assez fort pour l'affronter. Mes muscles se tendirent. Je me mis en garde.

Alors, sans prévenir, il chargea. Il porta le premier coup que j'esquivai. Le deuxième m'ébranla tandis que je parais. Le choc fut brutal. Et je faillis perdre l'équilibre.
Il était d'une force colossale. Il se battait selon les règles de la chevalerie, frappant sans répit, mais toujours avec art, sans jamais chercher à rompre le code. Nous mêlâmes nos armes dans un bruit métallique, faisant pleuvoir des gerbes d'étincelles. À chaque coup qu'il me portait, je recevais une décharge dans le bras, mais je tins bon. Ma respiration s'était modifiée. Je compris qu'il me fallait le maîtriser rapidement, ou tôt ou tard il aurait raison de mon endurance.
La voix intérieure se fit à nouveau entendre :

« *Plus la résistance est importante et plus l'attaque est violente.* »

Je feintai, rusai, l'attirai à moi, baissant volontairement ma garde. Et je le piégeai à l'instant où il s'apprêtait à me donner le coup de grâce.
Je me fendis et le décapitai. L'armure s'écroula. Elle était vide.

J'avais combattu contre ma propre ombre. Cette ombre, qui partout me suivait, n'était autre que celle de mes mauvais côtés rejaillissant dans toute leur force. Il m'avait fallu faire preuve d'ingénierie, d'espièglerie, pour en venir à bout. Maintenant que je l'avais maîtrisée, elle m'apparaissait dans toute sa clarté. Elle représentait ma partie émotionnelle que je ralliais en revêtant l'armure rouge. Par ce geste, je symbolisais la prise de conscience de ces énergies émotionnelles débordantes que je mettais désormais au service de l'étincelle de vie, couvert du masque de la personnalité.

À présent, j'étais à l'image exacte de ma quête. Et ainsi affublé, je repris position sur l'étalon. Dans un premier temps, celui-ci ne sembla guère apprécier la surcharge de poids que représentait l'armure. Mais il s'y habituerait comme il l'avait fait avec l'homme.

Cependant, était-ce une bonne idée que de vouloir me protéger ainsi ? Que de m'encombrer d'un tel accoutrement ? De manifester de la sorte ma conquête sur ma nature émotive ? En tout cas, sur le moment, cela me parut être la meilleure des choses à faire.

42
Le Veneur du Diable

Soudain, tandis que je m'oubliais dans ces réflexions, je sentis une présence. Mais pas une présence comme celle du début, bénéfique. Une autre, différente. Moins neutre. De nature dangereuse, maléfique. Un regard m'épiait. Le vol d'un corbeau noir passa au-dessus de nos têtes, déchirant le silence d'un bruit sinistre. Ses ailes s'étendirent et recouvrirent tout de leur ombre. L'obscurité se fit si dense que tous les aspects, les sens et les sentiments des lieux se confondirent dans mon esprit. Tout son disparut et toute forme s'évanouit. Les ténèbres s'épaissirent, s'alourdissant et m'écrasant de tout leur poids. Un léger frisson parcourut l'échine du cheval dont je perçus pour la première fois le tremblement nerveux. Un brouillard d'obscurité s'éleva et se condensa à quelques pas de moi, sur une proéminence du terrain.
Une forme apparut brusquement à travers l'épais rideau. Elle paraissait encore plus sombre que tout le reste. Une aura couleur ambre l'enveloppait, et une lumière noire rayonnait du corps du Cavalier des Ténèbres. Le Veneur du Diable. Le Chasseur Noir des Légendes, se tenant fier et droit sur le Mont du Sorcier. Celui dont on m'avait prévenu de me méfier. Le Maître du Monde qui soumet la Matière, dont la Magie Noire est redoutable. L'Invincible. Son œil était dénué de substance. Une lueur

sombre en émanait et se répandait à travers le monde déjà crépusculaire. Je portai instinctivement le regard sur mon épée : elle avait amorti son éclat.

Une sorte de litanie fut psalmodiée, en une alchimie maléfique. Je vis un flot furieux d'incantations se déverser sur moi. La haine souffla sur mon visage. Le froid mordit ma peau déchirée.

Je ne devais pas m'attarder en ces lieux. Je talonnai violemment les flancs de ma monture, décidé à franchir l'obstacle le plus rapidement possible. Nous fûmes stoppés net, une violente décharge électrique nous traversant de part et d'autre du corps. Il venait de nous arrêter avec sa seule volonté. Lui, le Sombre, le Mauvais Œil, l'Esprit de la Mort. Nous étions figés sur place, comme immobilisés par un mur d'énergie invisible.

Une voix au timbre guttural, profonde et lugubre, résonna.

« Ce royaume est défendu. Il est inaccessible aux humains. Pauvre fou !

Il ne doit pas y avoir d'intrusion des vivants dans le domaine des morts. »

Je sentis une puissance inconnue s'approcher. Elle se glissa furtivement, s'insinuant lentement en moi. Je luttai pour trouver le calme nécessaire à mon salut, sachant que trop d'émotions me serait fatal. Un flot de souvenirs empoisonnés refit surface, emplissant toute ma vision. Si je ne les bannissais pas tout de suite, je me briserais. Je devrais battre en retraite pour ne plus jamais revenir. Si pire ne m'arrivait pas.

Je ressentais dans la présence étrangère un pouvoir extraordinaire, illimité. Face à cette force je n'étais que fétu de paille. Une simple étincelle suffirait à me réduire en cendres, sans que je ne puisse esquisser le moindre geste pour l'en empêcher. Tout lui semblait possible. Je savais qu'il avait le pouvoir de me faire changer de rêve, ce qui pouvait m'entraîner très loin, en un lieu d'où je ne pourrais pas revenir seul. Sa seule présence induisait un changement de positionnement de mon attention. Le décor était en train de se modifier autour de moi, même si je ne percevais rien à travers l'épaisse obscurité.

Je devais vite quitter ces lieux maudits, ensorcelés, avant que mon esprit ne soit totalement possédé. Seulement, mes membres ne m'obéissaient plus, pas plus que mes pensées, subjuguées, indociles. Déjà je commençais à sentir la prise de possession lente s'effectuer. Ma tête était embrumée. Quelque chose semblait s'y insinuer avec rage, repoussant mes pensées dans un recoin, emprisonnées, se débattant, luttant désespérément, faisant le tri pour ne garder que ce qui leur ressemblait. Un froid gluant se glissait dans mon esprit pour jouer avec, manipulant les pensées comme des marionnettes, pour faire le vide et devenir le maître... Un souffle de haine essayait de me faire oublier qui j'étais, ce que je faisais, où j'allais... ma quête. Une force vertigineuse me tira, m'entraînant ailleurs, dans un autre temps. Il était trop tard pour fuir, ou même pour avoir peur.

Je tentai de résister, de me détacher de ce froid pour revenir vers la lumière, celle de la vie, du rire, des chants, pour m'emplir de ce qui est bon, beau et juste, me recueillant et concentrant les vibrations magiques intérieures. Tout tournait autour de moi. Je n'avais plus de repères sur quoi me retenir. Des images folles me traversaient, brûlant mon esprit, frappant en des décharges fulgurantes. Un monde ténébreux d'images

violentes et incompréhensibles me retenait prisonnier.
C'en était trop. Le Veneur du Diable me tenait entre ses
serres et ne me lâchait plus. Son esprit uni au mien
m'enserrait comme dans un étau impossible à desserrer.
La fusion qui maintenait les images était trop forte, trop
complète pour se rompre si aisément. Sa magie me
paraissait insurmontable. J'étais en train de me perdre en
lui. Il m'entraînait en des lieux inconnus d'où je savais
que je ne reviendrais plus. Il me fallait tenir, trouver une
faille par où échapper à cette emprise démentielle.
Je sentis alors une force nouvelle venue de très loin, à
l'intérieur de moi, remonter à la vitesse de l'éclair. Elle
traversa le faible bouclier que j'opposais encore aux
ténèbres m'enveloppant, courant tout au long des pensées
me terrassant. Tandis que cette force frappait, une voix se
fit entendre à travers toute cette confusion.

« Nul n'est soumis à une obéissance aveugle. Même ici.
On ne manipule pas les êtres avec des paroles magiques.
Seuls ceux qui y croient se laissent tromper aussi
facilement. Ces mots ne sont que des simagrées pour
impressionner et effrayer ceux qui se laissent piéger. »

Les mots résonnaient dans l'air, en échos, tandis qu'une
autre voix me susurrait :

« *Les mots et les gestes peuvent aider, mais ils sont
inutiles. Tout est dans le Vouloir. C'est le Vouloir qui
compte, pas le Verbe. Le verbe n'est qu'un vecteur de la
volonté. Retiens cette leçon pour ne plus jamais t'y
laisser prendre. Il est encore trop tôt pour toi,
actuellement tu ne ferais que te briser.* »

Un éclair de lumière bleue, intense, frappa de toute la force de sa volonté, déchirant la structure de la réalité présente. La conscience étrangère recula. L'ombre éclata, se dispersant en fragments de ténèbres pendant un court instant. Je profitai de ce laps de temps pour rompre le contact.

Je devais encore lutter afin de préserver un noyau de sapience et ne pas sombrer dans la folie meurtrière m'imprégnant. Je m'isolai derrière un champ de force, enveloppant mon corps de pureté. Et je me sauvai.

Je n'étais pas encore prêt à l'affronter. Je n'étais pas suffisamment préparé. La voix me l'avait clairement fait comprendre. Mon esprit ne supporterait pas le choc. Je n'y croyais pas assez. Je manquais de volonté. C'était trop tôt.

Sans demander mon reste je fuis l'Esprit de la Mort. Les sens engourdis, le cœur affolé et l'esprit en lambeaux, je traversai la noirceur comme enveloppé dans un linceul, mais un linceul de protection. En un éclair de lucidité, telle une comète sensitive, je filai à travers l'espace infini et retrouvai le vrai chemin : le Chemin du Cœur. Comme un soleil j'avais traversé l'obscurité. Je regardai Ælian. Mon épée avait retrouvé tout son éclat.

J'avais échappé aux griffes du Malin, et pourtant je savais au fond de moi que je n'avais fait que repousser l'inévitable. Il me faudrait tôt ou tard résoudre le problème du Mal, des opposés. Je devrai pour cela le rencontrer à nouveau, peut-être sous une autre forme, et lui faire face alors.

Mais en attendant, je poursuivis ma route sans me retourner, afin de mettre le plus de distance entre nous deux, la tête encore affaiblie, quand j'arrivai au bord du fleuve.

43

Le Passeur

Les berges étaient couvertes de forêts sombres. Un océan d'arbres et d'arbustes, en un mélange de cyprès et de buis entremêlés, s'étalait à perte de vue. Quant à la couleur de l'eau, elle était d'un gris jaunissant, sale, presque verdâtre. Sa surface était couverte de moisissure et de vase. Une odeur nauséabonde s'en exhalait. Le courant paraissait faible, mais en son milieu des tourbillons naissaient qui laissaient présager des dangers.

Quelque chose attira mon regard. Je vis au loin une foule grise rassemblée, attendant en rang serré. Je ne fus pas long à comprendre ce qu'ils attendaient : la venue du passeur.

Cette foule était si dense, la queue si longue, que je n'en voyais pas la fin. Les âmes s'amassaient entre deux rangées d'ifs, le long d'une immense avenue. Je demeurai un long moment à observer l'incessant va-et-vient entre les berges. Lorsque le Passeur arrivait, il emportait sur sa barque une nouvelle « moisson » pour la déposer sur l'autre rive. Il revenait alors avec un autre chargement d'âmes. Les unes passant dans un sens, les autres en sens inverse. Certaines étaient noires, tandis que les autres étaient blanches. Celles qui étaient claires quand elles entraient devenaient sombres, et celles qui sortaient noires devenaient blanches, une fois le fleuve franchi.

Je détournai un instant le regard de ce spectacle pour scruter les environs. Nulle part je ne vis de gué ou de pont par où traverser. L'unique possibilité pour franchir le cours d'eau restait le Passeur. Je fis tourner bride à ma monture pour la diriger en direction de la foule.
Mais pour atteindre le Passeur, il me fallait traverser les bois. Ceux-ci étaient peu avenants. Je les devinais infestés d'animaux sauvages.
Tant pis, je m'enfonçai entre les arbres.

Au-dessus de nos têtes, des milliers de chauves-souris voletaient. Il n'y avait pas de piste. Les arbres étaient très serrés, et les branches se rejoignaient dans un dédale inextricable. Je devais me baisser, couché sur le dos du cheval, pour ne pas m'assommer. Malgré mes précautions, je me faisais griffer de partout. J'avais déjà le visage tout égratigné.
Finalement je mis pied à terre pour franchir l'orée des bois. Mais passés la lisière, l'intérieur de la forêt était plus dégagé. Toutefois le sol était spongieux, voire boueux par endroits, imbibé d'humidité. Le silence régnait en ces lieux, un silence mortuaire.
J'avançais prudemment. Il ne se passa rien et je traversai les bois sans encombres. De l'autre côté s'ouvrait un paysage de basses collines s'étendant jusqu'aux rives du fleuve qui me paraissait extrêmement lointain. Je décidai de ne pas perdre de temps.
Pourtant, contrairement à mes prévisions, je réussi à rejoindre la foule assez rapidement. J'avais été trompé par les distances. Il nous fallu moins de temps que je ne me l'étais imaginé. Parvenu sur la grande avenue, j'eus beaucoup de mal à me frayer un chemin dans les rangs

serrés de la foule compacte.

J'eus très vite le sentiment de dépareiller parmi tous ces êtres mornes, au regard fermé, voilé par quelque sortilège, comme absents. D'ailleurs personne ne sembla remarquer ma présence, même quand je les bousculais pour jouer des coudes. Ils avançaient tous vers l'eau tels des automates.

Arrivé au bord du fleuve, je dus attendre le retour du Passeur. Lorsque celui-ci accosta, je me précipitai vers l'embarcation. Mais au moment de monter dans la barque, le Conducteur des âmes m'examina d'un coup d'œil rapide et refusa de me laisser y prendre place.

J'hésitai quant à l'attitude à adopter. La violence ne me semblait pas de mise. Je m'écartai pour réfléchir. Le mieux serait de me déguiser.

Je trouvai un vieil habit délavé et tout élimé que je revêtis par-dessus mon armure. Je rabattis le capuchon sur mes yeux afin de dissimuler le regard. C'est avec une certaine habileté que je réussis à grimer mon visage pour me fondre dans l'anonymat.

Je devais également abandonner mon compagnon quadrupède. C'est avec un profond déchirement au cœur que je lui fis mes adieux. Nous étions devenus tellement complices qu'il me manquerait. C'est lui qui m'avait amené là aussi rapidement et sûrement. Mais désormais, je m'en rendais compte, sa présence devenait inutile. Je n'avais plus besoin de lui. Et là où je me rendais, il serait même un fardeau encombrant, m'empêchant d'avancer.

Je lui expliquai la nécessité de notre séparation. Il pouvait s'en retourner vers la liberté. Je lui recommandai toutefois la prudence pour quitter ce monde souterrain. Car il était évident qu'il allait attirer la convoitise. Nombreux seraient les esprits qui chercheraient à s'emparer de son corps. L'étalon sembla comprendre. Il se détourna et s'éloigna, se perdant parmi la foule des âmes en peine.

Ainsi déguisé, j'attendis à nouveau que le Passeur s'en revienne. Toujours personne ne semblait remarquer ma présence dans la foule, chacun étant perdu dans son monde de pensées, ne voyant pas les autres autour d'eux. Le Passeur accosta enfin. Cette fois, il me laissa monter dans la barque, après m'avoir observé quelques secondes avant de se détourner. La sueur coulait sur ma nuque et mon dos était trempé. Il faisait une chaleur étouffante sous l'armure. Fut-il dupe de mon stratagème, ou fit-il semblant d'ignorer le manège ? Toujours est-il que je pris place à bord.
Le Passeur nous fit boire de l'eau du fleuve, pour se souvenir, avant d'appareiller. Je fis comme tout le monde, sans rechigner, afin de ne pas me faire remarquer. Puis, celui qui conduit les morts d'une rive à l'autre, le médiateur des opposés, nous fit traverser le fleuve.

44
Le Palais du Jugement

Parvenu de l'autre côté, je ne m'éternisai guère. Je descendis prestement de la barque et disparu dans la foule, tête baissée. Mais je n'avais pas fait deux pas sur le nouveau sol que j'entendis un grognement. Je relevai la tête et je vis un monstrueux chien au poil noir et brillant, me menaçant, tous crocs dehors.

Intuitivement je m'entaillai le bout de l'index gauche d'où coula quelques gouttes de sang. Les gouttes se répandirent sur le sol, où elles se transformèrent en miel. Je reculai et m'assis pour attendre.

Le chien s'approcha de mon offrande. Il la renifla. Visiblement satisfait, il se dirigea vers moi et je pus le caresser.

Soulagé, je repris la marche, le chien noir me montrant le chemin à suivre.

Il faisait froid et humide, mais mon corps ne semblait pas en souffrir. Nous marchions dans d'interminables tunnels, catacombes éclairées par des flammes, telle des lanternes, disséminées tout le long du parcours.

Nous débouchâmes sur un vaste espace dégagé. Le lieu était bien éclairé par de gigantesques fleurs de feu. De nombreuses bâtisses s'élevaient autour de nous. Mon guide m'entraîna jusqu'à un palais.

Nous franchîmes sans problème les grilles, gardées par

deux colosses, pour nous retrouver dans une immense cour carrée. Face au temple, au centre de la place, se trouvait un puits. Comme nous passions à côté, je voulus m'en approcher. Attiré par le vide, gouffre sans fond, je me penchai au-dessus du trou noir. Je sentis un vent glacial souffler sur mon visage et des tourbillons d'échos m'appeler.

La tête commença à me tourner, le Vertige me saisit. Je crus distinguer au fond du puits de petits êtres frêles, avec une grosse tête à la longue chevelure. Ceux-ci m'épiaient avec un sourire moqueur, attendant patiemment ma chute. D'un bond je reculai dans un terrible effort de volonté. Alors des voix montèrent du fond du puits :

« Dans le vertige se trouve l'écho de son vide intérieur ! »

Après une courte pause, les voix reprirent, plus cordialement :

« Sois le bienvenu, Pèlerin. Viens prendre place dans le Temple et installe-toi. Viens admirer le fabuleux spectacle que nous te proposons. Celui du Grand Jugement. »

Un groupe de prêtres en toge blanche, crânes rasés, légèrement coniques, se présenta à moi. Ils m'invitèrent à les suivre à l'intérieur du temple.

« Nous sommes les Gardiens de l'Abîme. Nous sommes les serviteurs de la Reine des Enfers »

J'accompagnai le groupe dans le temple. Le chien, ayant accompli sa tâche, s'en retourna à son poste.

En chemin, je questionnai les servants sur ma présence en ces lieux.

« La Mort a ses sympathies et ses haines », me fut-il répondu, sans autre commentaire.

Nous entrâmes dans l'immense bâtisse. Une très longue allée, recouverte d'un tapis écarlate aux bordures dorées, traversait la nef, pour s'enfoncer dans un chœur lointain. Les prêtres me présentèrent une place où m'asseoir au fond de l'édifice, près du porche.

« Tu n'es pas en retard. Tout est prêt désormais. Dans un instant le Grand Hiérophante fera son entrée et entamera la cérémonie. »

L'édifice était gigantesque, sans style déterminé. Construction cyclopéenne, érigée par des Titans, à des époques diverses, tout au long des âges. D'immenses colonnes, douze de chaque côté, soutenaient un lourd plafond qui semblait se perdre dans les airs. Au centre du chœur se trouvait une table de pierre. Un groupe de prêtres officiaient autour de l'autel. Certains répandaient de l'encens, d'autres étalaient des bouquets de fleurs... Derrière, dans l'ombre il y avait une statue. Mais je ne pus distinguer ce qu'elle représentait.
Une centaine de convives, j'en dénombrais exactement cent quarante-trois, étaient rassemblés dans le temple.
Une douce musique aérienne se faisait entendre. Un chœur de chants graves s'élevait de l'autel, que survolaient des voix d'enfants : voix éthérées, presque cristallines, planant par-dessus le chœur de soprano. Des servantes, les Dames de la Nuit, passèrent au milieu des

rangées. L'une d'elles me remis des tablettes sur lesquelles étaient gravés des sortes de hiéroglyphes. Il m'était impossible de les lire. Je tentai pourtant de décrypter les Arcanes, mais celles-ci demeurèrent muettes.

Nous n'attendîmes pas longtemps. Le Maître de Cérémonie fit son entrée en grande pompe, escorté d'une ribambelle de gamins, tous de blanc vêtus : les anges gardiens. Ils tenaient une bougie dans une main, l'autre posée sur le cœur. Deux anges soutenaient un grand tableau recouvert d'un voile, qu'ils déposèrent au pied de la statue. Durant toute la cérémonie, du moins ce que j'en vis, personne ne toucha au tissu qui le cachait aux yeux profanes. J'appris par la suite qu'il s'agissait du Miroir du Futur, dans lequel on peut contempler les Cycles des Temps Infinis, dont aucun œil de mortel n'avait jamais posé le regard dessus avant d'avoir été consacré, c'est-à-dire avant que la Lumière ne soit entièrement éveillée en lui, avant d'avoir été fait Homme.

Le Prêtre-Instructeur, représentant du Loup-Soleil, le Dieu de la mort et Juge des mortels, celui qui « veille sur le troupeau doré des étoiles et des rayons solaires », s'installa derrière l'autel. Il entama les rites de consécration. Il avait réuni son auditoire pour la séance du Jugement.

Mon attention fut distraite. Dans la foule, je surpris un regard tourné vers moi. C'était le premier qui semblait me remarquer. J'en fus ému. L'homme se leva discrètement pour se rapprocher de moi. Dès qu'il fut à ma hauteur, il se présenta sommairement :

« Je suis un moine errant. Je suis au service du Dieu Unique, le Dieu d'Amour. »

45

Le Moine Errant

Le moine m'entraîna à l'écart. Je pris les tablettes avec moi. Je l'accompagnai en silence. Nous sortîmes du temple pour nous retrouver sur un balcon dominant une large vallée. Mon interlocuteur paraissait offusqué par quelque chose. Il m'expliqua sa révolte, tandis que nous admirions la vallée s'étendant à nos pieds.

« Je suis offensé par toutes ces pratiques impies, sataniques. Ils font tout ce manège pour nous détourner du véritable chemin, celui qui conduit au Vrai Dieu. Avec toutes leurs idoles païennes... Que de blasphèmes ! »

Comme je ne répondais pas, il poursuivit.

« Comment peut-on laisser faire tout ceci ? »

Je haussai simplement les épaules.

« Mais un jour, tôt ou tard, ils devront payer pour leurs tromperies. Ils seront punis !... »

Un bruit de ferraille et de grincement attira mon attention. En contrebas, sur la pente, j'aperçus l'Ange de la Mort, conduisant sa charrette toute brinquebalante et rouillée, tirée par trois chevaux sans tête. Je parcourais des yeux le spectacle qui s'offrait à nous. Nous surplombions la Vallée des Larmes.

Le moine de son côté continuait son plaidoyer sans faiblir.

« Toute cette agitation ! Elle représente l'errance des hommes sur terre. Leur marche incertaine à travers les cycles, sans compréhension, aveugles aux signes divins... Mais ne te laisse pas influencer par toutes ces simagrées. Reconnais le vrai visage de ton Dieu, et Ses Messagers. Ne te laisse pas corrompre par le Malin.

Attention de ne pas perdre ton chemin dans l'illusion de l'espace, ni de t'égarer dans les méandres du temps. Le plus dur n'est pas d'y parvenir, finalement, mais d'en revenir ! »

Je ne comprenais pas ce qu'il essayait de me dire, mais je le laissais parler.

« Méfie-toi de tout ce que tu vois. Ne prends pas l'illusion pour la réalité ni la réalité pour l'illusion. Ce qui est réel est éternel, tandis que ce qui est impermanent est illusoire.

Pour reconnaître le réel de l'irréel, il faut avoir la foi, mais foi en ce qui est connu, défini par une autorité spirituelle fiable telle que l'Église. Elle seule est détentrice des principes divins, des lois et règles, de la Vérité.

Seule la dévotion pure permet d'atteindre Dieu. Toute connaissance est inutile. D'ailleurs, à la mort tout savoir est anéanti. Pourtant, me diras-tu, l'homme est en quête d'un savoir, mais d'un savoir éternel. Ce savoir ne relève donc pas de ce monde, et il ne peut pas plus être acquis par le corps physique. C'est pourquoi il est impératif de se tourner vers Dieu, vers les choses de l'Esprit, en délaissant celles du monde matériel qui ne sont que des freins à notre élévation spirituelle. Il y va de notre plus grand intérêt que de désirer quitter ce monde, ainsi que cette misérable existence. »

Me souvenant de ce que l'on m'avait enseigné, à savoir qu'on a toujours son maître face à soi, je restais attentif à ce que me disait le moine, cherchant à travers ses paroles, celles qui convenaient à ma compréhension du moment.

« Ferme tes sens aux bruits de ce monde. Fais taire tes passions matérielles pour la Passion de Dieu. Écoute la voix qui te parle du plus profond de ton être, ta voix intérieure. Elle saura te guider. Elle sait ce qui est bon pour toi et ce qui est mauvais. Aie confiance en toi.

Et surtout, surtout, respecte la Loi. Elle est la même pour tous. Ne te dresse jamais contre Elle. Même si Elle te paraît parfois injuste et douloureuse. Regarde dans ton cœur et apaise tes craintes.

La véritable religion consiste en cette Loi énoncée par Dieu Lui-même. Si nous n'obéissons pas à cette Loi nous serons punis. La punition viendra d'elle-même, de toute façon, par les lois de la nature. Nous ne pouvons y échapper.

Ne remets donc jamais en cause l'autorité du Père. Quand tu comprendras la Loi, tu verras qu'il n'y a rien à redire. La Loi est au-dessus de tout.

Maintenant, laisse les Arcanes sur le chemin et répands-y de la poudre de projection. Elles sont l'œuvre des suppôts de Satan. Elles ne contiennent que des mensonges qui visent à attirer les faibles pour les corrompre. Elles ne sont d'aucune utilité pour les vrais Fils de Dieu, les Serviteurs de la Loi Unique. »

Je fis comme il me conseillait. Ayant pris connaissance des pouvoirs de la pensée, il me fut aisé de m'en débarrasser.

« C'est bien. Tu as bien fait de t'en débarrasser, car elles appartiennent au Démon. Celui qui soumet la Matière. Le Maître du Monde.
Éloigne-toi de lui. Il est mauvais. Il porte en lui le mal. Détourne-toi de ses tentations et tourne ton regard vers les choses de l'intérieur. Abandonne tout intérêt pour ce qui vient des sens. Il sont trompeurs. Tu dois tout mettre en œuvre pour échapper aux ténèbres. Aujourd'hui, le monde entier est soumis aux ténèbres parce qu'il ne connaît pas Dieu.
Nous devons donc tout faire pour sortir de cette obscurité, et nous tourner vers la Lumière Divine.
Dieu est l'Être, « Celui Qui Est », en opposition avec le Diable, « Celui qui est celui qui n'est pas ». Le Malin est l'antithèse de tout ce qui est. Il est le Non-Être, celui qui refuse ce qui est et s'y oppose par tous les moyens. Ses serviteurs appartiennent au Mal. Ils nient Dieu et tout ce qui existe, soumis au Néant. Ils sont voués à la mort et à la déchéance. Ils n'ont aucun avenir hors de la Matière.
Soumets-toi à l'action de l'Esprit Saint. Si nous nous établissons dans la conscience de Dieu, Celui-ci Se révélera à nous. Dieu saura reconnaître les Siens. Le Saint-Esprit n'affecte que les saints.
Dieu le Père est le créateur et l'auteur de toutes choses. Il donne vie à tous les êtres, car Il est la Source de toutes

choses. Dieu règne seul sur tous les êtres. Il est le maître du destin. Nous Lui sommes subordonnés. Nous devons donc nous soumettre avec foi et amour, parce que la partie doit servir le Tout.

Toutes les choses créées dans le monde sont dues à des causes profondes qui sont d'ordre spirituel. Mais le Malin, par ses actions perverses, tente de récupérer les enfants de Dieu. Le Père fait les choses bonnes, tandis que le mal est l'œuvre du Diable. Mais la Lumière repousse l'Ombre en l'absorbant.

Cependant, beaucoup d'hommes s'égarent en chemin, attirés par la fausse lumière que fait briller le Démon, pour attirer les âmes pécheresses.

C'est pourquoi, tourne ton regard vers la Lumière. Abandonne ce monde de misère. Ne te laisse pas influencer et détourner de ton Dieu. Il est Amour. Il est le Sauveur du Monde. Accepte Son Joug et délivre-toi du Mal. Sauve ton âme de l'errance.

Quitte ce monde matériel pour la Béatitude de l'Esprit. Le monde matériel est de nature ténébreuse, tandis que le monde spirituel resplendit de lumière. Toutes les sensations de plaisirs et de souffrances sont dues au corps. Toutes nos souffrances viennent de ce que nous nous identifions à ce corps. Elles proviennent de nos sens qui nous trompent sur la nature de la réalité. L'homme égaré par l'orgueil, par le faux ego, croit être l'auteur de ses actes, alors qu'en réalité il est dominé par la passion et l'ignorance, par la nature pervertie de sa récupération démoniaque. Les sens sont les instruments du diable. C'est par eux que nous arrivent toutes les sensations de joie et de plaisir. Or ces plaisirs sont éphémères. Ils font vite place à la souffrance, par leur manque ou leur rejet. Ils ne sont donc pas réels. Il faut à tout prix les combattre, les anéantir ! »

« Mais, ne suffit-il pas plutôt d'apprendre à les maîtriser ? Les maux de ce monde sont avant tout destinés à nous stimuler, pour nous aider à progresser jusqu'à la plus vaste conscience accessible. Il vaut mieux apprendre à les tolérer, sans en être affecté. Si nous annihilons ces sens, nous ne pourrons plus rien percevoir... »

« Justement ! Étant la source de toute corruption, il faut les faire disparaître totalement. Ainsi, nous pourrons nous tourner vers Dieu, sans que plus rien d'extérieur ne vienne nous distraire dans notre contemplation du Divin. Car dès que nous sommes distraits, nous ne pouvons plus fixer notre conscience sur notre véritable identité. Sur notre réalité intérieure.
La réelle félicité vient de notre union au Divin. Elle est infinie. Or nous voulons goûter au bonheur terrestre. Là est notre erreur ! Nous n'y trouvons finalement que quelques plaisirs éphémères, et beaucoup de souffrances.
Pour être délivrés des souffrances, il n'y a pas d'autres moyens, nous devons réduire les besoins et les plaisirs du corps. C'est-à-dire les détruire entièrement, afin d'orienter nos vies de manière à ne plus être distraits par les plaisirs charnels.
Ceux qui sont dans la Vérité ne prennent pas part aux plaisirs chimériques. Leur attention est tournée exclusivement vers Dieu. »

Le moine se racla la gorge.

« Trop d'hommes se sont abandonnés à la licence, au péché de la chair, à la faiblesse des sens... C'est pourquoi

Il a envoyé Son Fils parmi les hommes. Pour racheter leurs fautes. Et il a accompli la Rédemption des âmes. Mais tous ne seront pas sauvés de la damnation. Seuls quelques élus auront la vie sauve pour l'éternité... C'est-à-dire ceux qui n'auront pas pris part aux plaisirs de la chair. Les ascètes.

Mais ce n'est pas parce que le Fils de Dieu a lavé le monde de ses péchés que cela nous dispense d'avoir à repasser nous-mêmes par les épreuves initiatiques.

Nous devons suivre les préceptes recueillis dans le Livre Sacré. Le Fils de Dieu a transmis les règles de vie qui permettent de discipliner les corps et restreindre leurs activités afin d'atteindre la plus haute perfection. Ces règles de service et de dévotion sont à suivre à la lettre sans dévier de la voie, en toute soumission. On ne s'élève pas au niveau du Suprême par la connaissance acquise par soi-même, mais en observant les enseignements d'autorités spirituelles reconnues par l'Église. Pour bénéficier pleinement des Écritures, il faut en suivre les principes avec foi. C'est par des pénitences, l'ascèse et la prière que l'homme peut s'élever au niveau de Dieu.

Seule une vie d'abstinence, de dévotion austère et d'obéissance, nous permettra de nous laver des souillures pécheresses, afin de nous préparer pour le Grand Salut : la remontée vers la Source pour se fondre en elle. L'unique but est de quitter le cycle terrestre et tous ses mirages diaboliques. Retourner à Dieu doit être l'unique et ultime motivation de toute existence. Le seul objectif de tout croyant demeure la réalisation de Soi : devenir Un dans le Tout. Être fermement uni au Divin. En attendant l'avènement du règne de l'Esprit Saint sur Terre.

Pour atteindre le Cœur de Dieu, il est impératif de suivre la voie de la dévotion par l'adoration de Notre Père.

Isole-toi des foules de mécréants, et recueille-toi. Prie. Prie Dieu toute la journée et Celui-ci entendra ton appel et se tournera vers toi. »

46
Prédications

Tandis que le moine poursuivait son discours, je parcourais du regard la sombre vallée de l'inconscient : le monde des morts. Je vis tous ces gens qui s'en retournent vers la Source, se reposer un instant, avant d'entreprendre le trajet du grand retour, sous de nouvelles formes. La foule des insensés, qui se réveillent pour rêver encore qu'ils sont sur terre, l'esprit affolé par tous les bruits terrifiants qui les entourent. Et tout recommence, imperceptiblement différent au début. Prisonniers de leurs soucis quotidiens. Jusqu'à l'apparition des monstres. Alors, ils commencent à prendre conscience. Mais tout d'abord, ils ne percevront que cette désagréable impression de semi-ténèbres. Leur vue sera limitée et ils souffriront d'un sentiment d'égarement. Mais quand ils n'en pourront plus, quand fatigués d'avoir trop souffert, quand ils auront épuisé tous leurs désirs inassouvis, ils se tourneront vers la Lumière.

« L'errance de toutes ces âmes, en identification de personnalité, est à l'image de l'agitation des hommes. Ils se débattent à moitié résignés dans les affres du cauchemar, au milieu des ronces et des orties de l'inconscient, dans les ruines de l'âme. »

Je demeurais passif, à contempler ces noirs tableaux d'une humanité soumise à son ignorance, lorsque ma vision fut bousculée par des vagues d'ondes se succédant sans fin, apportant les morts tout juste fauchés. Une foule nombreuse était là qui attendait, enveloppée d'obscurité, silhouettes vaporeuses, perdues dans la brume, cendres consumées, pantins disloqués s'agitant pour la dernière danse macabre. Ils attendaient en ordre et en silence le souffle qui ouvrirait une brèche à travers leur inactivité inconsciente. Et le gibet noir dansait, un vautour perché sur l'épaule du condamné, lui dévorant les yeux sans cesse.

« Mais qu'est-ce qu'ils attendent tous là ? s'indigna le moine. Ne voient-ils pas que tout ceci n'existe pas ? Que c'est juste une illusion du Malin pour les tromper ! Et les garder sous sa coupe ! Les tourmenter pour assouvir ses vices ! »

« Non, ils ne voient pas tout cela. Ils rêvent. Leur nouveau maître est Dès, le seigneur des Éléments. Ils sont encore dans les Limbes de la Terre, l'Hadès, le pire séjour après la mort. Ils n'ont pas conscience de tout ce qu'ils voient. Ils subissent encore leur mort. Et on meurt toujours comme on a vécu ! »

« Alors, tout ceci n'est que le juste châtiment pour les infidèles. Il fallait y penser plus tôt. Maintenant il est trop tard ! »

« Non. La Mort n'est qu'un déplacement de la Vie, qui se continue sous d'autres formes, en d'autres lieux... Pourtant ils sont toujours les mêmes... »

« Mensonges ! Tout cela est faux ! Nous n'existons qu'une seule fois. Nous ne vivons qu'à l'instant présent. Après quoi nous sommes balayés, écartés de la création, mis de côté, en fonction de notre mérite : soit rejetés dans l'obscurité, si notre existence était corrompue ; soit nous rejoignons la demeure céleste, si notre vie terrestre a été absoute de péchés. Quel que soit ce devenir, nous n'existons plus. »

« Mais alors, cela signifierait que nous ne faisons que participer à une éternelle mascarade, où les masques vont et viennent au hasard du destin. Pourtant, quelque chose en nous ne se perd jamais. Les pensées continuent à circuler indépendamment... »

« Parce que ce qui est important ce n'est pas ce corps périssable et maladif, mais l'âme qui l'occupe. Notre véritable Soi. Le corps est construit en fonction de l'image du Soi, l'Homme Parfait. Cette image a son origine dans le monde spirituel des idées. Tout est parfait dans le monde des idées, là où le Christ a sa demeure. Et le corps est fabriqué à sa ressemblance. Mais il est une reproduction imparfaite car soumise à la matière. Dans l'univers matériel, chaque chose n'est qu'une imitation, une ombre de ce qui existe dans le monde spirituel. Notre véritable demeure est dans le monde des idées. Où notre âme était avant de s'incarner. Là où elle retourne quand elle se sépare du corps, avant de s'anéantir. Et non pas ici, dans la matière, où le temps dévore tout. Le temps n'est qu'un serpent avide qui se dévore lui-même tant il est vorace. »

« Mais le monde des idées n'est pas la Source. Il est encore un monde de matière. Et les choses ne s'arrêtent pas là. Je suis intimement persuadé que l'âme de l'homme, comme celle de toutes les créatures vivantes, est immortelle. L'existence, chaque existence n'est qu'une transition, une étape d'un long voyage. Tout être vivant est éternel. Et parce qu'il est enchaîné à l'existence matérielle, l'homme doit sans cesse transmigrer d'un corps à l'autre... »

« Foutaise !!!
Tout ceci n'est que pure hérésie !
Tu t'es laissé berner par toutes ces superstitions païennes. Ces douces paroles t'ont ensorcelé. Mais il est encore temps de te repentir. De racheter ton âme pour te sauver. C'est pour cela que je suis ici. Dès que je t'ai aperçu j'ai su que tu pouvais être sauvé.
Laisse-toi guider par la Lumière du Christ. Il est tout Amour. Le véritable Amour. »

« Oh non, je ne crois pas en tout ça. Je pense plutôt que nous érigeons un Dieu d'Amour, juste et bon, selon nos propres conceptions morales. Mais il n'est pas de Dieu d'Amour Sauveur de l'Humanité. C'est nous qui sommes notre propre sauveur. »

« Non, il n'est pas comme ces autres dieux. Il est l'Unique, le seul véritable Dieu. Le Dieu de Compassion. La compassion n'a rien à voir avec l'idée étriquée que les hommes se font généralement de l'amour. Elle est l'amour dans sa plus noble dénomination, d'un genre plus ample et plus généreux que ce tas de sentiments que l'on range trop fréquemment sous le terme d'amour.

Ce que les hommes nomment amour n'est en fait que de la concupiscence. Ce n'est que désirs pour les plaisirs des sens. Or la concupiscence n'est qu'un reflet perverti de l'amour, cet amour que les hommes devraient porter à Dieu. C'est parce que la société s'est coupée du divin que l'homme, en cette ère de violence, de luxure et d'argent, est victime des diverses formes de plaisirs matériels illusoires. Et c'est l'esprit dérangé par l'anxiété que procure toutes ces viles occupations qu'il s'enfonce toujours davantage dans les affres de ce charnier.

La civilisation actuelle n'est constituée que d'un ensemble intolérable et incohérent d'activités servant à masquer les souffrances inhérentes à l'existence que mène l'homme moderne. Dans ce monde, seul le plaisir des sens a une once d'intérêt, et l'éducation tout entière est tournée vers ce plaisir.

Il faut tout mettre en œuvre pour s'arracher à ces passions dévorantes et dégradantes. L'homme a beau s'échiner dans la recherche de ce besoin d'amour par toutes sortes de subterfuges, il ne peut assouvir ce besoin d'amour tant qu'il ne s'est pas tourné vers le véritable objet de son amour suprême : Dieu. Seul l'amour de Dieu peut combler ce vide en l'homme qui l'entraîne à dispenser ses efforts sous toutes ces formes.

C'est par le triomphe sur la concupiscence et la dualité des joies et des peines que l'homme se libère de l'illusion et de l'orgueil qui le gouvernent. C'est par la maîtrise des sens en servant le Seigneur avec amour et dévotion qu'il parvient à transformer la concupiscence en amour véritable.

C'est donc vers Dieu que tu dois tourner ton regard si tu veux rencontrer l'amour. »

« Quoi qu'il en soit, l'amour vrai, je ne le connaîtrai jamais tant que je serai sur cette terre, dans une forme... »

« Non, ne crois pas ça !
C'est parce que tu n'as encore jamais aperçu Son Visage.
Mais moi, je peux te conduire à Lui.
Le Christ vit caché, et seuls les élus Le voient, en eux-mêmes. Et bientôt il reviendra su Terre, pour le Jugement dernier.
La première fois, Il est venu dans la chair et la faiblesse. Aujourd'hui Il vient en esprit et en force. Mais bientôt, Il viendra en gloire et en majesté.
Quand tu le verras, tu sauras. Tu le reconnaîtras instantanément. Et tu sauras que tout le reste n'était que tromperie.
Mais tu n'es plus perdu. Je t'ai rencontré. Je te guiderai jusqu'à Lui.
Rejoins Ses rangs et alors tu auras la vie sauve. Rejoins les rangs de Ses guerriers et ensemble nous atteindrons Sa Lumière. »

Là-bas, dans le lointain, la foule hurlait, silencieuse. Ils étaient tous rangés en ordre et en désordre. Tout d'abord, il y avait les feux follets blêmes, minuscules flammes de peu de jours qui n'eurent pas le temps de brûler longtemps. Puis ce furent ceux qui combattirent le vide, qui avaient bu toute la coupe, les convives rassasiés. Ensuite venaient les infirmes, ceux que la lèpre avait rongés. Et je dus dès lors porter mon regard à travers le marais aux eaux glauques et gluantes, où s'expose la souffrance : là, je croisai les yeux vides des statues inertes, sculptées avec des sourires torturés, momies errantes, égarées dans le non-sens, de tous ceux qui n'eurent rien fait de leur vie, vide de sens. J'entendis les orateurs, les brillants sophistes déclamant leurs phrases qui coulent comme le sang d'une plaie béante, discours se parant en clinquant, où les mots tombent, durs et violents, remplis d'orgueil et de fureur, des mots déguisés, envenimés. Excès verbeux, de tous ceux qui ont abusé du langage, qui ont détourné l'alchimie du verbe, qui ont fait de ce verbe une arme d'assassin pour en décorer le voile avec l'intrigue fugitive. Il y avait encore les voix de perruches, l'œil froid, la main vide, le solitaire aux aguets. Celui qui ne montre jamais son vrai visage, qui ne donne jamais rien et qui pourtant veut tout. Acteur se dévisageant dans la lumière cendreuse, s'arrachant le visage, mais le masque se superposait à l'infini : masque de fascination, masque blafard, masque empourpré de sang séché.

Ils étaient tous là sur l'autel des sacrifices du succès, à éparpiller les cendres refroidies de leur gloire passée.

Et puis enfin, il y avait les damnés, tous les exilés, les buveurs de sang, vampires et autres loups-garous, aspirant le poison qui les retient prisonniers. Ils se tordaient de douleur dans d'énormes langues de feu, du feu qui nettoie dans d'horribles souffrances. Et ils tentaient de fuir, au lieu d'ouvrir bien grand les yeux, mais chaque fois le serpent de feu les rattrapait et les encerclait de ses gigantesques anneaux pour les dévorer : la main qui a allumé les flammes ne sait plus les éteindre. Et je ne pouvais rien faire pour les arracher aux flammes qui dévorent. Je contemplais la scène, spectateur impuissant. Pourtant je ne pus m'empêcher de mettre la main au feu, mais le feu ne brûlait pas.

Plus loin encore, il y avait la dernière sphère, mais je

savais que celle-là je ne pouvais pas l'atteindre, elle était trop éloignée de moi. Je n'y avais pas accès. Je m'écartai alors de cette vision et je jetai un dernier regard sur la foule réunie dans le marais, où chacun tenait son rôle sans se confondre. Je vis une main fantôme géante agrippée à des nuées. Le regard déformé, ils ne comprenaient pas. Ils prenaient leur nouveau rôle pour une autre réalité... Ils prenaient le jeu au sérieux... Et devant toutes ces mains blanches tendues, j'étais désarmé, impuissant. Je savais que je ne pouvais encore rien pour eux. Ils devaient d'abord comprendre et accepter. Je devais d'abord comprendre et accepter.

Je poursuivis dans ma contemplation des dernières ombres : celles des cœurs brisés, là où les pleurs remplissent les fontaines. Finalement apparurent les passions mortes des chevaliers errants, l'ombre des soldats gisants dans l'herbe fraîche, au milieu de la nature souriante, innocente, pleine de vie.

Enfin, mon regard arriva à la croisée des chemins, là où la foule bigarrée, attendant dans les cercles la décision des juges, se sépare. Sur la gauche se dressait une grande muraille infranchissable d'où provenaient des lamentations, les cris de torture, longs râles d'agonie. C'est là qu'était enfermé le premier serviteur de l'évolution. Le confident de la Cause et de la Loi, condamné pour avoir instruit les hommes à l'encontre du projet des Dieux. Le Conseiller, inspirateur des Héros et régulateur des effets des Cycles. Il eut le « malheur » d'avoir tenté les hommes et de les avoir réduits en esclavage en leur suggérant des pensées, et d'avoir endurci leur cœur. À droite, un chemin ouvert plongeait dans la nature riante et gaie, très peu fréquentée.

Le moine à mes côté ne s'était toujours pas arrêté dans ses commentaires. L'œil critique, il dépeignait tous ces tableaux en juge impartial, méprisant les petites vies médiocres de tous ces infortunés. Mais quelque chose en moi, comme un appel irrésistible, avait mordu à l'hameçon. Je me laissais conquérir par ses beaux discours, attiré par la chaleur de son Dieu. Je voulais connaître l'Amour, cet Être magnifique, ce Saint d'entre tous les saints.

Et surtout, plus que tout, la vision de toutes ces souffrances engendrées par le Mal me révolta, m'indigna. Je fus lentement convaincu de la nécessité de se tourner vers le beau, le bon... persuadé que seul le Bien devait triompher dans cette guerre d'Amour.

Quant au moine, à la vue de la nature luxuriante, après tous ces dessins d'horreur, son œil s'alluma.

« Voilà, c'est là que nous devons aller. Mais comment faire pour y parvenir ? »

« Nous n'avons pas le choix, nous devons effectuer la traversée des Cercles, si nous voulons nous y rendre ! »

« Mais, nous n'allons tout de même pas nous mêler à tous ces loqueteux, à ses rebuts de l'humanité pervertie ? Pour nous salir au contact de ces êtres malsains ! »

« Nous n'avons pas le choix. »

Devant son air de dégoût, je rajoutai :

« L'aridité des terres, cet enfer, est dû à la blessure du

dragon. C'est pour cela qu'il me faut le retrouver. Pour nettoyer le monde, mon monde intérieur, de toutes ses souillures ! »

« Bah ! De toute façon, la foi nous protégera ! » conclut-il avant de s'engager à mes côté sur le versant.

47

La Traversée des Cercles

Une fois dans la vallée, l'espace nous apparut plus restreint qu'il ne le paraissait vu d'en haut. Nous nous sentions oppressés. Nous pénétrâmes dans une forêt touffue. Une véritable jungle, où tout poussait sens dessus dessous. Des lianes pendaient des arbres jusqu'à terre. Des buissons épineux entravaient notre route. La cime des arbres s'élevait haut, dans un cafouillis inextricable. Les branches se rejoignaient et se mêlaient les unes aux autres, tout autour de nous. Des racines sortaient de terre, pour ajouter à l'encombrement général... Partout une nature obscure jetait ses tentacules dans toutes les directions. Nous nous trouvions enfermés dans un labyrinthe végétal insondable.

Il faisait nuit dans ce dédale. Nous progressions difficilement, avançant lentement, avec prudence. Les sens en alerte. Au moindre mouvement nous nous arrêtions, l'oreille aux aguets, tentant de déceler ce qui se cachait. Derrière moi, j'entendis le moine bougonner, maugréant tout en récitant ses prières. Visiblement, il n'était pas ravi d'être là. Ce que je comprenais fort bien, mais toute mon attention était occupée ailleurs, pour ne pas pouvoir en faire autant.

Un vent glacé hurlait le long du tunnel arboricole, l'atmosphère devint plus oppressante encore. Je me sentis à la fois comme poussé par le courant d'air et aspiré par son souffle. J'étais tiraillé de toutes parts.

Je pressentis des ombres se glisser dans notre dos. Des regards hésitants nous épiaient. Les créatures dans l'ombre nous observaient, tapies, prêtes à bondir. Je fis tournoyer mon épée et les ombres maléfiques, spectres du passé dissimulés dans les recoins, pâlirent. À la vue de la flamme, des ombres s'enfuirent épouvantées en gémissant. Je frappai l'obscurité. Des gerbes d'étincelles jaillirent. Les ombres se contorsionnèrent. Irritées, les dernières fuirent en jetant des cris lugubres, traçant dans les airs des cercles fatals.

Nous poursuivîmes notre route, laissant sur le chemin des traînées d'étincelles comme autant de poussières de clarté dans ce monde obscur.

Mais déjà de nouveaux monstres se rapprochaient. Je pus entendre les pleurs des démons et le rire moqueur des hyènes. Je donnai de grands coups d'épée. Fendant l'air, je me battais comme un beau diable. Frénétiquement, je mis en fuite toutes les créatures qui avaient osé s'approcher. Mais soudain, une silhouette gigantesque se dressa sur notre chemin pour nous barrer le passage.

La silhouette était celle d'un géant. Il devait bien mesurer trois mètres cinquante. Une massue dans chacune de ses énormes paluches. À sa mine renfrognée et décidée, je sus qu'il ne ferait pas de quartier. Toutefois, je ne lui laissai guère le temps de nous jauger. Je fondis sur lui, l'épée haut levée. Le premier coup ricocha sur sa massue qu'il avait levé pour bloquer mon attaque. De sa deuxième massue il chercha à me porter un coup sur mon flanc à découvert. J'esquivai juste à temps et frappai de nouveau. Vif comme l'éclair, il fut surpris par ma rapidité et n'eut pas le temps de réagir cette fois. Je lui tranchai une main. J'empoignai l'épée à deux mains, et avant que le géant n'ait eu le temps de se reprendre, je lui fendais le corps en deux, de haut en bas.

Je venais de porter un coup fatal aux émotions débordantes.

Je n'avais pas encore repris mon souffle, qu'un feulement se fit entendre proche de nous. Mais l'animal n'était pas encore visible. Derrière moi, l'ermite continuait à réciter à voix basse quelques prières rassurantes. Autour de nous, la taille des arbres s'était sensiblement réduite. Pourtant le chemin demeurait encombré. Le sol devenait plus boueux. Et des flaques apparaissaient par endroits. L'air était humide. Une exhalaison fétide nous emplissait les narines. Nous remontions les marais de l'Inconscient.

Le feulement se rapprochait encore. Et tout à coup, le fauve apparut. Il s'élança. Il bondit, toutes griffes dehors dans notre direction. Je me baissai, bousculant mon compagnon qui n'avait pas réagi. À la seconde charge, je m'aplatis au sol, laissant pointer la lame de mon épée. Le lion s'y empala dans un féroce rugissement. Je fus projeté sur le côté par la force de la charge. Mon arme me fut arrachée des mains, tandis qu'une longue estafilade courait sur ma figure. Un filet de sang se mit à suinter. Mais j'ignorai la blessure.

Le fauve grogna. Tenta de se relever. Puis il s'effondra dans un bruit sourd pour rendre l'âme. Je ramassai l'épée que j'extirpai sans ménagement du corps du lion. J'étais couvert de poussière et de sang. Du sang provenant plus de celui de mes victimes que du mien propre. En éliminant ainsi le lion, je mettais un terme à la concupiscence.

Désormais, nous traversions les marécages. L'espace était nettement plus dégagé, mais le clair-obscur perdurait. Une nuée d'oiseaux sombres s'abattit sur nos têtes. Les idées et pensées noires destructrices qu'il me fallait à présent combattre. Je fis de grands moulinets dans les airs, balayant les créatures ailées, dispersant l'envolée funeste. Vains efforts. De nouvelles entités mauvaises nous assaillaient, des créatures aériennes et rampantes, et d'autres qui avaient surgi des eaux troubles. J'évitai de justesse le jet de flammes d'un lézard géant.

Je n'arrêtais pas une seconde. Le bras maniant l'épée endolori, les muscles tendus, je continuais de fendre l'air, infatigable, afin de déloger les esprits ténébreux et putrides hantant les eaux glauques, les mauvais esprits qui volent par milliards, infectant tout de leur noirceur. Mais chaque fois que j'en chassais, ils revenaient plus nombreux qu'avant le dernier coup.

Une idée me vint. Je décidai de changer de tactique. Je ressortis ma flûte et, des airs joyeux et harmonieux dont j'en répandis les marécages, j'éloignai de nous les influences néfastes. De par mon chant je nous rendis invisibles.

C'est ainsi que l'hydre à la chevelure de serpents ne put nous provoquer. Ni la méduse nous communiquer de ses tentacules innombrables toutes ses maladies. Et, continuant de jouer ces airs que m'avait appris le Maître, nous traversâmes les derniers bourbiers puants au milieu des créatures inquiétantes qui nous regardaient passer, sans nous voir ni sans rien pouvoir faire.

Nous croisâmes le crapaud déglutissant sa bave immonde, les oiseaux de proie tournoyant sinistrement dans les airs, charognards en quête de quelque cadavre à dépecer. Nous pûmes entendre le sifflement de l'aspic tout au fond du grouillement de serpents. Nous vîmes l'âpre basilic aux yeux injectés de haine. Les lézards paresseux. Des singes s'ennuyant et se faisant des grimaces. Les chèvres bruyantes. Les moqueuses hyènes et la pie voleuse. Ainsi que les loups pleurant à la nuit. À notre passage ils s'étaient tous redressés. Ils s'approchèrent, mais l'épée flamboyante et le son de la flûte les tinrent à distance. Et partout, tout alentour de nous, nous pûmes voir les lièvres détaler.

Enfin, nous quittâmes les couloirs infâmes et malfamés de la mort. Nous étions parvenus à la croisée des chemins. Nous fîmes une halte.

48
La Cavalière

Je m'assis sur un rocher pour récupérer un peu. Je m'époussetai, nettoyai mes vêtements de tout le sang séché les recouvrant. Nous avions vaincu les maléfices. Nous venions de traverser les cercles obscurs du pays d'Ankou. Le monde noir des souvenirs. Nous nous rapprochions d'Ankoun. Le Monde Blanc de l'Oubli.

Nous venions de livrer de terribles combats contre le Mal. Nous l'avions poussé à se retrancher derrière ses derniers contreforts. Mais la bagarre avait été moins violente que ce à quoi je m'étais attendu. Les pièges moins nombreux. Une main invisible semblait avoir abattu la plupart des obstacles sur notre route. Sans doute le même partenaire invisible qu'auparavant, cette Présence imperceptible mais dont j'étais conscient malgré tout. Pourtant, si je la savais toujours à mes côtés, je ne la sentais plus. Elle s'était faite moins sensible. Non, en fait ce devait être mon imagination intarissable qui avait créé cette présence. Maintenant j'avais une nouvelle idole. Je ne devais notre victoire qu'à notre courage et à notre foi en Christ. C'est lui que je devais louer pour cette victoire sur les principes du Mal. Déjà l'ermite était agenouillé priant son Dieu, le remerciant de Son aide.

J'examinai les chemins. Je savais quelle route nous prendrions. Mais pour le moment, j'avais surtout besoin

de me ressaisir. De retrouver mon souffle. Et un rythme cardiaque normal.
Cependant le moine ne m'en laissa guère l'occasion. Ses prières achevées, il était pressé de repartir. Il s'était déjà redressé et insistait pour que l'on ne s'attarde pas en ces lieux maudits, au beau milieu du carrefour.

« Quittons cette terre abandonnée aux ténèbres monstrueuses d'un Diable assoiffé de sang et de luxure.
Délaissons sans plus tarder cette nature immonde qui dévore ses enfants, et où règne le Temps qui se repaît de la vie de ses créatures...
Bientôt, nous aurons tout le loisir de profiter d'un long répit. Nous avons presque atteint la frontière.
Allons, lève-toi ! Encore un petit effort.
Et nous pourrons jouir d'un plus grand réconfort. »

J'obtempérai à contre cœur. Je ne voulais pas manquer de respect à Notre Maître, ni blesser mon gourou. J'avais besoin de lui pour me guider vers la Lumière.
Sans l'ombre d'une hésitation nous choisîmes la voie de droite. Nous débouchâmes dans une nature souriante.

Une cavalière, montée sur un magnifique cheval blanc, fit son apparition. Elle était aussi pâle que la lune quand elle se lève. D'une beauté à couper le souffle. On aurait dit un rayon de lune éclairant quelque orée dans la forêt. Elle était vêtue d'une simple robe blanche de lin, brodée de soieries d'or scintillantes.
La cavalière s'approcha de nous. Le moine, sur ses gardes, l'apostropha.

« Holà, femme ! Que nous veux-tu ? »

« Je viens quérir le chevalier, pour le prévenir de ne pas aller plus loin dans son attitude guerrière. »

« Ah ah !!!
Et c'est pour ça que tu as fait tout ce chemin ? »

« Pourquoi, je vous prie, noble demoiselle, devrais-je me départir de cette attitude et changer mes manières de faire ? »

« Je vous mets en garde contre l'orgueil aveugle qui vous habite. S'il vous a permis d'arriver jusque-là, car il faut une forte personnalité pour traverser les Cercles de Feu, désormais, il est de trop. Vous devez abandonner cet orgueil qui vous anime et vous pousse à agir. Sans quoi, vous perdrez tout contact intérieur. Vous êtes sous les charmes de l'âme, bercé par la douce illusion spirituelle qu'elle distille en vous. Mais ce n'est plus nécessaire. Vous devez rompre l'ensorcellement, quitter cette voie sans issue, si vous voulez poursuivre votre chemin plus loin. »

La demoiselle paraissait sincère. Quant à moi, je ne savais quoi penser. J'étais plutôt dubitatif.

« Mais ce n'est qu'un conseil. C'est à vous qu'il revient de choisir. Plus loin, vous ne trouverez que ruines et douleurs, de nouveaux champs de batailles à livrer indéfiniment. Le recommencement perpétuel. Ou l'Union Sacrée qui vous était promise. C'est selon l'attitude que vous adopterez. »

« Ne l'écoute pas, elle cherche à t'attirer par la ruse ! »
m'avertit mon ami.

 Puis, se retournant vers la cavalière, il l'invectiva.

« Retourne d'où tu viens, sorcière. Envoyée de Satan !
Nous n'avons que faire de tes conseils empoisonnés.
Vade Retro !
Disparais de notre route, ou tu devras répondre du
courroux vengeur de notre Dieu, notre Unique Maître. »

« Je vous laisse seuls juges. Ma mission s'achève là, mes
seigneurs.
Alors, adieux ! Ah ah ah !!! »

Elle tourna bride. La cavalière repartit au grand galop
d'où elle était apparue.
Je réfléchis à ces paroles. Que pouvait bien vouloir dire
tout ceci ? Toutefois nous approchions du but, et je
n'envisageais pas en ce moment de me débarrasser de
mes attributs guerriers. Par contre, j'étais quelque peu
consterné, fâché après le moine. C'était à moi que la
cavalière s'était adressée. C'était à moi qu'il revenait de
prendre une décision. Mais je gardai ces remarques pour
moi, ce n'était pas le moment de se disputer, cela n'en
valait pas la peine.

49
Dernière halte sur le Rivage

Nous traversâmes d'une traite l'immense prairie couverte de fleurs, aux couleurs vives. Au bout du chemin nous découvrîmes un lac aux reflets d'argent. Au centre du lac se trouvait une île.

« L'Île des Bienheureux ! m'annonça mon ami. L'ultime but de notre quête. »

Le sentier s'arrêtait net, là où l'espace et le temps se confondent. Nous venions de parcourir une très longue distance en très peu de temps. Nous ne pouvions pas aller plus loin. Je regardai aussi loin que mon regard me le permettait, et je ne pus distinguer l'autre rive. Le lac était si vaste qu'on n'en voyait pas de limites. On aurait dit une mer intérieure. Les eaux lacustres étaient calmes et transparentes. Elles reflétaient quelque chose qui ne m'était pas inconnu, quelque chose de familier même, mais dont je n'arrivais pas à me souvenir. Tandis que l'île disparaissait sous une brume lointaine, invisible à notre courte vue. Mais nous savions qu'elle se trouvait là. Au milieu des océans sidéraux faisant rouler leurs vagues éthérées, s'étendait le Monde Blanc. L'île mystérieuse. Le Royaume de la Lumière Étincelante.

« Enfin ! »

Les yeux de l'ermite brillaient d'excitation.

« La Terre Promise. La Jérusalem Céleste. Nous ne sommes plus qu'à quelques brasses du Jardin d'Éden. Nous avons retrouvé le Paradis perdu. Allons, ne traînons pas ! Attelons-nous à la tâche ! »

Tout le long du rivage se dressait une forêt. Nous décidâmes d'utiliser le bois pour la construction d'une barque. Je choisis pour cela un arbre robuste. C'était un cèdre blanc. Je l'abattis à coups d'épée, la maniant telle une hache.
Dans son bois, je façonnai un radeau apte à nous porter sur les flots, pour effectuer la longue traversée.
Tandis que je m'escrimais à la tâche, le moine se tenait à mes côtés. Il me parlait de Dieu et de Son Fils :

« Le Père est le Créateur de toute chose, mais le Démon tente de Lui soutirer Son Œuvre à son profit. Ce Diable est si orgueilleux qu'il a fini par asseoir sa domination sur le monde d'en bas dans son entier, souillant toutes les créatures qui s'y trouvaient. C'est pourquoi Dieu a envoyé Son Fils pour racheter les péchés des hommes qui s'étaient laissés entraîner par le Malin. »

« Mais pourquoi Dieu n'est-il pas descendu lui-même ? »

« Parce qu'Il ne le peut pas. Il ne peut quitter Son trône, s'avilir dans ce monde récupéré par le Démon. Il est trop pur. Il ne peut délaisser Son Royaume un seul instant. C'est pourquoi Il a délégué Son Fils à cette tâche. Pour la double raison suivante : pour que Sa Création, à travers l'Œuvre de Rédemption de Son Fils, s'élève à Lui ; et pour Se reconnaître dans la Réalisation de Son Fils.

Le Christ est venu et nous a ouvert la voie. Maintenant, nous devons à notre tour suivre son exemple, lui emboîter le pas, pour le rejoindre au côté du Père.

Nous sommes tous les enfants de Dieu. Nous sommes à l'égal de notre Père Créateur, parce que nous avons été fait à Son Image. Nous possédons donc la toute-puissance de Son Pouvoir. Mais poussés par la jouissance de ce pouvoir, nous voulons mettre la Création à la merci de notre conscience personnelle. Ce que l'homme oubli, c'est que cette conscience est limitée par son état charnel qui l'enveloppe. Et nous ne faisons que détourner l'Énergie Divine de Son Dessein.

C'est pourquoi, il nous faut d'abord nous élever jusqu'au Royaume de Dieu, avant de pouvoir jouir de ce Pouvoir, sans le rabaisser, comme le Christ l'a montré. »

Je soupirai, quelque peu agacé par toutes ses pieuses recommandations. J'écoutais très attentivement ce que le moine avait à me dire, tout en travaillant dur à la tâche, mais je commençais à trouver ses sermons quelque peu limités. Surtout que j'étais seul à m'échiner.

M'apercevant de mon injustice vis-à-vis de mon ami, je me repris aussitôt et chassais ces pensées déplacées. Je me concentrai sur mon travail.

Quand j'eus fini d'abattre l'arbre et de le débiter, j'assemblai les rondins de bois à l'aide de cordage de liane et je lançai le radeau sur les flots. Une fois que nous eûmes constaté qu'il flottait parfaitement, nous montâmes dessus et nous nous mîmes à pagayer. J'avais fabriqué deux rames. Au début, je fus seul à m'en servir. Mais voyant que nous n'avancions pas assez vite, l'ermite se mit aussi à ramer.

J'avais également réussi à installer un mât, sur lequel nous avions accroché de vieux vêtements en guise de voilure. Dès que nous eûmes quitté le rivage, une douce brise se mit à souffler. Je hissai la voile, que le vent gonfla aussitôt. Nous fûmes emportés sur les ondes vers de nouveaux rivages inconnus. Un courant nous entraînait comme en haute mer. Nous reposâmes les pagaies. Je m'adossai au mât, à l'avant du radeau.

L'ermite en profita pour reprendre son discours là où il s'était interrompu. Il m'enseigna ce qu'il me fallait savoir pour atteindre la Lumière Divine, l'Ultime Libération.

« À présent, il te faut apprendre ce que tu peux faire pour gagner le paradis. Comment mener ta quête spirituelle pour aboutir à la réalisation de Soi. Il te faut pour cela oublier tout ce que tu as appris et réapprendre à vivre. Tu dois tout d'abord apprendre à te nourrir sainement, car la nourriture influence la pensée, et il faut que celle-ci reste pure ; ensuite, il est nécessaire de se laver régulièrement, pour demeurer propre, afin que le corps ne soit plus une entrave à la réception de l'Esprit Saint ; et enfin, il te faut prier sans cesse, pour élever tes pensées au niveau de l'âme.

Si tu suis très sérieusement tous ces rituels, leur célébration continue et régulière aura pour effet de constituer un lien provisoire avec le sacré.

Mais attention ! Tous ces rituels ne doivent pas accaparer toute ton attention. Il te faut y être vigilant au début, le temps de créer ce lien, d'ouvrir le chemin qui conduit du profane au sacré. Il faut que ces gestes deviennent un automatisme pour lequel tu ne dois plus te préoccuper par la suite, afin de reporter ton attention aux choses de l'intérieur. Ces rituels ne doivent servir en fait que de tremplin à ta conscience encore endormie. Cette démarche vise à éduquer le mental afin qu'il cesse d'être un obstacle à la connaissance de l'étincelle divine qui est en toi.

Il est impératif de faire ce travail sérieusement. Pour que l'expérience spirituelle devienne permanente, il faut des exercices et de nombreux efforts. C'est par la répétition continuelle de ces rituels que l'on y parvient. Mais une fois que l'on est profondément ancré dans la Vérité, de telles limites tombent d'elles-mêmes. »

Je l'interrompis quelques instants.

« Mais n'as-tu pas peur que ces rituels ne soient trop rigides ? Ne se pourrait-il pas qu'au lieu du résultat escompté, ils exercent une action perverse, faisant naître l'idée de caste, d'une organisation hiérarchique, entraînant l'homme à l'immobilisme ? La personne ainsi guidée n'aurait plus qu'à se laisser aller sans réfléchir, conformant ses pensées et ses actes à des dogmes extérieurs qui ne lui conviennent pas forcément. Je vois d'ailleurs plus cela comme du bourrage de crâne. Les rituels ne devraient-ils pas être le fait de notre seule aspiration ? Car si le rituel n'est pas relié au vécu il ne sert à rien, non ? »

« Non, justement !
La religion spontanée, non réfléchie, en dehors des dogmes reconnus, n'est que sentimentalité. Elle n'a aucune valeur. Le Christ nous a montré ce qu'il était bon de faire. Alors pourquoi ergoter ? Pourquoi y réfléchir ?

Sa seule parole suffit ! Et cela est valable pour tous. Sans exception.
Mais il faut que le rituel instauré soit suivi à la lettre. Et qu'il soit pour cela institué par une autorité reconnue.
Seule l'Église a la connaissance des rites justes. Elle a en charge la continuité de l'expérience christique dont il ne faut pas s'éloigner d'un iota. Sans quoi cela perturbe tout le processus, annule l'action, voire apporte le contraire des effets recherchés. Tout est dans les Écritures, et il n'y a rien à rajouter. »

« Mais il faut bien les adapter à notre époque, à nos mentalités, sans quoi tout ceci n'a plus de sens !... »

« Non, malheureux !
Il n'y a rien à modifier. Tout y est parfait. »

Je sentis l'ermite à bout de patience. Pourtant je renchéris, désireux de comprendre, toujours pas satisfait de ses explications.

« Il me semble que la plupart des textes sont à double tranchant. Les interprétations peuvent... »

Le moine intervint brutalement, presque en colère.

« Non, te dis-je. Ceux qui tentent d'interpréter les Écritures en dehors d'une institution ecclésiastique ne sont que des charlatans !
Nombreux sont les hommes qui, aujourd'hui, veulent fabriquer leur propre religion à leur convenance, selon leurs fantaisies, sans se référer aux Saintes Écritures. Mais ils ne font que créer de toutes pièces des doctrines

fallacieuses. Ils prétendent réadapter les textes à la vie moderne dans l'unique but de séduire les masses ignorantes, offrant la réalisation spirituelle en dix leçons, pour quelques pièces. Mais ce n'est pas ça la vraie religion !

Seules les Écritures sont authentiques, les autres sont inventées et pernicieuses. Et seul un représentant de l'Église, dans l'exercice de ses fonctions, peut donner la connaissance et juger de ce qui est vrai.

Il n'y a pas plusieurs maîtres possibles. Dieu est l'unique maître. Et seuls Ses prêtres authentiques peuvent transmettre Son message. Ils sont les représentants de Dieu sur terre, et c'est à eux seuls que les hommes doivent s'en remettre, et se considérer comme leurs plus humbles serviteurs. À ce titre, le maître spirituel doit être honoré, comme Dieu Lui-même, parce qu'il accomplit Sa volonté. En contrepartie, l'homme religieux a en charge la conscience de ses ouailles. C'est à lui que revient la lourde tâche de les conduire sur la bonne voie et qu'ils n'en dévient pas. Pour cela, l'homme religieux n'est censé s'occuper que des choses célestes. En raison de quoi, il délègue à d'autres le soin de se soucier pour lui des choses matérielles, comme de travailler, de se procurer la nourriture et le gîte dont le corps a besoin... le prêtre ne s'abaissant pas à des activités aussi avilissantes. »

L'ermite sembla satisfait de son sermon. Mais loin d'en avoir terminé, il continua :

« Il n'y a donc pas à aller chercher ailleurs la Réalité. Jamais notre esprit n'est assez libre et notre cœur assez dégagé pour observer et voir correctement, sauf si nous

nous sommes approchés de la Lumière. Donc, tant que nous sommes trop éloignés de cette lumière, nous devons nous en remettre à ceux qui l'ont approchée, les écouter et suivre leurs conseils sans déroger à la lettre. En conséquence de quoi, tu dois m'écouter et faire ce que je te dis de faire.

Seules les émotions impures, et les tentations engendrées par le Démon peuvent te détourner de la voie. C'est la raison pour laquelle les turbulences émotionnelles ne doivent plus pénétrer dans ton espace intérieur sacré. Pour cela, il te faut renoncer au monde, te retirer et vivre en ascète.

Si tu renonces au monde matériel et à ses plaisirs chimériques, ce que fait le corps et le mental te semblera extérieur à ta réelle Personnalité. Sans effet sur ton attitude intérieure.

Il n'est pas question d'arrêter toute activité physique pour se dissoudre dans le vide et perdre ainsi sa forme. Non. Le simple rejet des activités matérielles ne peut aider l'évolution spirituelle. Il est important de reporter son attention sur la vie intérieure. Mais si tu sais tourner ton regard vers le divin et te considérer comme une âme en quête de perfection, avec un objectif positif, alors tu deviendras le spectateur de toi-même, et des autres. Tu comprendras pourquoi il te fallait fuir l'égotisme, cette pensée qui te faisait croire que tu étais ce corps. Parce qu'elle fait partie de l'illusion du monde. Elle n'est pas le Soi. Et tu auras cessé du même coup de te prendre pour son ombre. La Réalité réside dans l'Esprit, pas dans le monde matériel.

Tu t'apercevras que tu ne fais plus qu'un avec le Monde, en Esprit. Et tu ne seras plus jamais seul. Car Il sera là, à tes côtés. À tout instant. Dans chacun de tes gestes, dans chacune de tes paroles. Mais ne cherche pas à Le voir, Il est au-dedans de toi, sans y être. Il est partout, en tout, et nulle part où tu puisse le voir. »

Il fit une pause, chercha ce qu'il pouvait encore dire, et rajouta :

« Que puis-je te dire de plus sinon que si tu fais bien tout ce que je viens de te dire, tu ne pourras pas échouer. Et qu'une fois que tu y seras parvenu, alors, tu sauras ce qu'il te reste à faire. »

Il me semblait avoir déjà entendu cela quelque part.

« Mais, pourrais-tu m'expliquer comment tu peux être si sûr de toi ? Sûr que tu es sur la bonne voie. Que tu ne te trompes pas. Car c'est ce que tout le monde prétend. Chacun étant persuadé que sa voie de réalisation est LA bonne ! »

« Parce que c'est écrit. Cela a été instauré il y a bien longtemps et que de nombreux êtres dignes de foi en ont prouvé la véracité.
Il n'y a rien à expliquer de plus, parce qu'il n'y a rien à comprendre avec ce qui te sert de tête. Tout doit venir de l'intérieur. C'est dans ton cœur que tu dois reconnaître la Vérité.
Même moi, je n'y comprends rien. J'ai cessé depuis longtemps de me poser de telles questions, et même d'entrevoir une logique dans la mission que j'assume. Tout le reste n'est que vanité.
D'ailleurs, ne cherche pas à comprendre Dieu, Il te détruirait pour ton orgueil ! »

« Mais alors, comment sais-tu ce que tu dois faire ? »

« Quand j'ai une mission à accomplir, l'ange du Seigneur descend et vient à moi. Et il me dit ce que je dois faire. Mais ce n'est qu'au moment où il me le demande que je comprends ce qu'Il attend de moi.
Ensuite, Il me donne les moyens de réaliser Sa demande, en faisant passer à travers moi une partie de Sa puissance. C'est cela qui fait la force de mon Seigneur. C'est qu'Il est vivant en moi. Et qu'Il accomplit Sa volonté à travers moi.
La seule chose que tu puisses faire, c'est t'offrir à Lui. Donne ta vie, donne tout. Aide les autres, voue ta vie à délivrer tes semblables, et ainsi tu gagneras ta place à Ses côtés.
Offre-toi en sacrifice. Et fais confiance...
Abandonne-toi à Lui, et attend qu'Il te parle.
Seule importe la délivrance au monde et à l'illusion qu'il recèle. Il te faut t'ouvrir pour accueillir la descente du Saint-Esprit qui seul a le pouvoir de rapprocher les âmes pour les faire remonter vers la Source de la Lumière. »

Le moine se tut sur ces dernières paroles. Il n'y avait plus rien à rajouter. Je n'avais pas envie moi non plus de renchérir, de relancer le débat. Il se replia une nouvelle fois pour se consacrer à ses prières.
Quelque part, au fond de moi, je demeurais sceptique à toutes ces explications. Je ne rejetais rien, mais je n'y adhérais pas non plus. Je n'avais de toute façon rien de précis à y opposer, mais cela ne faisait pas encore partie de mon vécu, pour que je l'accepte aveuglément. Cependant, je décidai de n'en rien dévoiler à mon

religieux compagnon et de faire comme si je me rangeais à ses idées. Comme si j'acceptais de m'en remettre totalement à lui. Je ne voulais surtout pas froisser sa susceptibilité, ni me fâcher avec lui. Car son discours m'intéressait, et en même temps quelque chose me dérangeait. Il avait le don de m'horripiler par instants. Il m'agaçait franchement avec tous ses sermons qui n'en finissaient pas, ses prêches et ses idées toutes faites. Pourtant, quelque chose m'empêchait de me séparer de lui, et même de lui faire part de mon agacement. Je crois que si je lui en avais touché deux mots, il l'aurait très mal pris. Il se serait énervé, aurait tenté encore plus violemment de me convaincre. Il m'aurait traité d'hérétique et se serait fâché, ou bien il se serait refermé sur lui-même pour ne plus m'adresser la parole. Or, son Dieu m'interpellait quelque part. J'avais envie d'en savoir plus. Et en même temps, je sentais que tout ceci n'était qu'une illusion, un désir de l'esprit pour satisfaire son manque de compréhension devant tant d'inconnus. Tout bien pesé, le moine me permettait d'aiguiser ma volonté, tout en affaiblissant ma suffisance. Il m'obligeait à faire davantage preuve d'indifférence et de silence. Cela me renforçait dans mon détachement. J'acceptais ainsi plus facilement sa présence et ses tracasseries que ce dont je m'étais cru capable.

50
Le Chant des Sirènes

Je contemplais la beauté et le silence du lac, bercé sur la crête des vagues. Tout autour de nous s'étendait le flot bleu et neigeait l'écume. Je me sentais enfin bien. Pourtant, quelque chose d'inexprimable au fond de moi continuait de m'alarmer. Un indicible pressentiment. Comme j'essayais de calmer ce trouble, tout à coup une vague s'enfla et fit basculer l'horizon.

Lorsque le radeau se redressa, je m'aperçus que les vagues avaient pris la forme de chevaux à crinières d'embruns que montaient les esprits de l'eau. De toutes parts nous étions assaillis par la charge furieuse des ondins.

Je brandis de nouveau Ælian. À la vue de l'épée magique, les créatures marines n'osèrent pas approcher de trop près.

Des eaux soulevées, les vagues froides et revêches, se précipitant en lames de colère, grondantes, hurlantes, fouettaient la pauvre embarcation. Subissant les assauts des brisants empanachés d'écume bouillonnante, comme autant d'injures, le pauvre esquif menaçait de se démanteler.

Je m'affairai à consolider les liens, pour que ceux-ci ne cèdent pas au moment crucial, tout en gardant un œil sur les créatures marines. Mais c'était compter sans le pouvoir attractif des eaux.

Un chant puissant monta des profondeurs du lac. D'une mélancolie hors du commun, il s'enfla pour nous pénétrer au plus profond de chacune de nos fibres. Rapidement, avant qu'il ne soit trop tard, nous prîmes la résolution de nous protéger de l'attraction fatale. Connaissant l'histoire d'Ulysse, je savais ce qu'il convenait de faire. L'un de nous s'attacherait au mât, tandis que l'autre se boucherait les oreilles, comme dans la légende. Mon compagnon décida de s'attacher. Il avait encore choisi le meilleur rôle. Mais j'approuvai cette sage décision. C'était en effet le choix le plus judicieux. Il me permettrait de garder les mains libres pour manier l'épée. Cependant, nous n'eûmes pas le loisir de mettre notre projet à exécution. Le temps déjà de chercher de quoi me mettre dans les tympans, il était trop tard. Les esprits de l'eau nous prirent d'assaut.

Les vagues soulevèrent l'esquif. Déséquilibrés, nous nous rattrapâmes juste à temps aux cordages, pour ne pas tomber à l'eau. Mais nous avions perdu le contrôle du navire.

Le radeau, emporté par les flots furieux, se rapprochait dangereusement des récifs.

Nous nous trouvions, à présent, entre deux énormes rochers. L'un clair et l'autre sombre. Mais tous deux aussi menaçants. Les ondins tiraient et poussaient la barque pour que nous nous fracassions dessus.

Une main agrippée aux cordages, de l'autre je donnais de grands coups de lame pour leur faire lâcher prise. Mais je ne faisais que donner des coups d'épée dans l'eau.

Et toujours la mélodie des souvenirs emplissait l'air, recouvrant le bruit du ressac. Bien que je sus ne pas devoir y prêter attention, pour ne pas me laisser envoûter par le charme fatal des sirènes, je ne pus résister à l'appel. Ces chants qui captivent et fascinent, et qui emportent l'esprit de l'homme qui les écoute. Ces voix qui égarent, cette nostalgie indicible et charmante, m'attiraient à elles.

Nous n'étions plus qu'à quelques mètres des récifs. Le radeau tanguait dans tous les sens, m'empêchant de viser correctement. Et alors que je frappais une nouvelle fois, de toute la force de mon poignet, l'arme rencontra un corps dur. Je venais de heurter le rocher sombre qui éclata en gerbes. La lame s'était ébréchée sous le choc. À cet instant, notre embarcation percuta ce qui restait du récif rocheux, et vola à son tour en éclats. Nous fûmes violemment projetés à l'eau.

Le temps sembla se figer un moment. Tout s'était arrêté. Plus rien ne bougeait. Puis, tout autour de nous, l'écume se mit à tourbillonner et à se rassembler. Elle se structura. Les embruns se cristallisèrent pour prendre la forme d'une vieille femme. La sombre Mère avait tourné son visage voilé vers nous. Mais ce n'était pas pour nous porter secours. La colère se lisait dans son regard. Elle nous mit en garde contre l'interdit de violer son territoire, de profaner les flots.

« Mais pour vous il est déjà trop tard. Vous avez refusé d'écouter la voix de la messagère que j'avais dépêchée pour vous. Vous m'avez rejetée. Ignorée. Par votre obstination bornée à ne pas vouloir modifier votre comportement, vous avez déchaîné la violence des éléments. Maintenant, vous allez subir le châtiment des Justes ! »

La Déesse des Eaux disparut au milieu des flots. Le cours

des choses suspendu reprit son rythme normal. La nature retrouva ses apparences. Et nous plongeâmes dans l'océan en furie, pour nous y noyer, attirés dans ses profondeurs par le chant des sirènes qui persistait à nous appeler. Tandis que mes yeux se fermaient, et que l'eau emplissait mes poumons, le sel brûlant ma peau, je n'entendis plus que la sourde pression de l'élément liquide. Le chant mélancolique, chargé de regrets, emplissait tout mon esprit. Je me noyais. Je sombrai dans l'inconscience.

51

La Visite de la Jeune Fille

Á mon réveil, une sourde pression, lointaine mais bien présente, vrillait mes tympans. J'avais la nausée. Une profonde tristesse m'enveloppait. Pour une fois, le réveil fut lent. J'avais du mal à rassembler tous mes esprits. Puis, tout doucement, le malaise s'estompa. Mais une sensation bizarre perdurait. Je me sentais détaché, comme flottant au-dessus des écueils de la réalité. Une partie de moi était absente. Quelque chose d'indéfinissable m'appelait à l'intérieur de moi. Le chant mélodieux et terriblement nostalgique m'avait profondément pénétré.

J'aurais été tenté de retourner à ma rêverie, si mes esprits ne m'étaient complètement revenus. Cependant, quelque chose restait gravé dans mon cœur que je ne pouvais plus effacer. La symphonie mélancolique résonnait encore dans mes entrailles. Je sus que je l'entendrais toujours en mon âme. Cette nostalgie jamais plus ne me quitterait.

Cela faisait maintenant deux jours que j'étais de retour dans la montagne. Je profitais pleinement du bon air, toujours aussi ravi que le premier jour. Toutefois, ma tranquillité fut interrompue cet après-midi-là. J'eus de la visite. Et une visite plutôt indésirable. En effet, je vis

venir une jeune fille, cette Marie-Do de la bande du village, de qui je gardais encore un très mauvais souvenir, ainsi que les profondes cicatrices de ses ongles sur la joue. Comme si la montagne n'était pas suffisamment grande, pour que l'on ne puisse pas s'éviter !
C'est d'ailleurs ce que je lui fis remarquer, une fois qu'elle m'eût salué.

« Bonjour, bougonnai-je, d'un ton peu gracile. Qu'est-ce que tu viens faire par ici ?
Il n'y a pas assez de place pour qu'on soit obligé de se rencontrer ? »

« Eh bien, comme accueil, c'est un peu froid ! »

« Pourquoi, tu t'attendais peut-être aux fleurs et aux petits gâteaux !
Je t'ai rendu ton jules. Alors qu'est-ce que tu me veux encore ?
Tu cherche un cobaye pour défouler ta libido ? »

« Non, mais, ce n'est pas... »

Je ne lui laissai pas finir.

« Tu ne vois pas que tu es de trop ici ?
Tu es in-dé-si-rable. Regarde, tu effraie même les bêtes !
Alors, qu'est-ce que tu attends pour déguerpir, et retrouver tes petits copains ? »

« Imbécile ! s'emporta-t-elle.
Et dire que je venais m'excuser de mon attitude de l'autre jour.

Je crois que je me suis encore une fois gourée sur ton compte.
T'es pas un crétin. Mais pire que ça !
J'aurais dû t'arracher les yeux... »

Et elle partie furax.

J'étais surpris par cet aveu, auquel je ne m'étais pas attendu. J'en restais bouche bée. J'aurais voulu lui dire ma stupéfaction, mais elle avait déjà disparu.
Je bondis sur ses traces, pour la rattraper.

« Excuse-moi. Je me suis laissé emporter. C'est que je garde un très mauvais souvenir de notre première rencontre, lui dis-je un peu embarrassé, lorsque je l'eus rejoint. Je pensais que tu étais venue me narguer ! »

« Te narguer ? »

« Oui, enfin... que tu passais voir comment le petit parisien s'en sortait avec son troupeau... et puis, je ne sais pas... Tu veux bien me pardonner ? »

Elle parut réfléchir. Puis, elle esquissa un sourire.

« Ben, comme ça on est quitte.
Ça m'embêtait un peu de venir m'excuser et de me rabaisser ainsi.
Mais maintenant, on est sur le même pied d'égalité.
Ça me convient comme ça ! »

Un silence s'interposa entre nous. Après les premières formules de politesse, on ne savait plus trop quoi se dire.

Je l'invitai à venir s'asseoir à l'ombre. Je lui proposai de se rafraîchir.

« Par cette chaleur, c'est très agréable de boire un peu d'eau fraîche ! »

« Tiens, je t'ai apporté une tarte aux pommes que ma mère... enfin, que j'ai faite moi-même. »

« Oh, c'est sympa ! »

« J'aime pas trop faire la cuisine. Mais j'ai fait un effort. Je ne voulais pas venir les mains vides ! »

Je coupai deux parts de gâteau, mais elle refusa le morceau que je lui tendais. Je sentis tout de suite qu'elle ne m'avait pas menti. Elle n'avait pas l'habitude de cuisiner. Mais c'était toutefois mangeable et j'avalai ma part, tout en me disant que si je ne parvenais pas à le finir, il y aurait toujours Black pour m'aider.

« Hum, c'est pas mauvais... »

52
Marie-Dominique

Nous passâmes une bonne partie de l'après-midi ensemble. Timidement au début. Puis avec moins de retenue par la suite. Plus les minutes s'écoulaient, et plus nous sympathisions. Nous nous découvrions l'un l'autre avec beaucoup de plaisir. Comme quoi les idées préconçues sont toujours négatives.

Nous discutâmes longuement sur des sujets très divers, devisant tantôt sur les affaires du monde, tantôt sur des choses nous touchant de plus près.

Elle voulut savoir comment était la vie à Paris, et moi, celle au village ; comment étaient ses amis ; ce qu'elle aimait faire... Puis nous parlâmes école, et enfin de l'avenir. D'abord nous évoquâmes le sort de la planète tel que nous l'envisagions. Nous en dessinâmes une vision pas toujours très gaie. Nous fûmes dans l'ensemble assez d'accord sur les effets néfastes comme positifs du progrès humain. Il en ressortit une dominante plutôt négative pour l'ensemble, mais avec un réel espoir quant au devenir de la conscience des hommes.

« Tout n'est certainement pas trop tard ! »

Ainsi, en quelques heures nous refîmes le monde.
Et enfin, nous discutâmes de notre propre avenir. Ce que

nous voudrions faire plus tard. Sur ce sujet, c'est elle qui en avait le plus à raconter. Elle était bourrée d'idées et de projets. Pour ma part, j'étais plutôt dans le vague quant à mon avenir. Le flou artistique. J'étais incapable de me le représenter. Je ne voyais que du noir. Non pas quelque chose de sombre, de mauvais, mais le vide, l'absence de désirs, de projets d'avenir lointain. Alors, nous revînmes au présent.

« Ce n'est pas trop long toutes ces journées tout seul dans la montagne ?
Tu ne t'ennuies pas trop ? »

« M'ennuyer ? Oh non ! Je suis bien ici.
J'ai la paix. Il fait beau... Je respire. Et puis... »

« Et puis quoi ? »

« Euh, non, rien ! » me rattrapai-je aussitôt.

J'allais lui parler de mes aventures intérieures, mais je me retins à temps. Je préférai garder le secret là-dessus. Je n'étais pas encore prêt à dévoiler ce vécu. Et c'était sans doute mieux ainsi. Qu'aurait-elle pensé ? Elle m'aurait pris pour un fou, ou un rêveur. Je ne la connaissais pas suffisamment pour partager avec elle de telles préoccupations.

« En fait, j'ai plein de choses à faire.
Entre surveiller le troupeau, m'amuser avec le chien, me promener, lire, jouer de la flûte... »

« Tu es musicien ? »

« Oh non ! »

Je lui expliquai les circonstances matérielles qui m'avaient fait me mettre à la musique. Le rôle de mon cousin. Comment j'étais parvenu à fabriquer l'instrument, malgré toutes les difficultés rencontrées. Le mal que je m'étais donné pour en sortir un son cohérent.

Elle me demanda de lui jouer un air, mais je refusai, ne me sentant pas assez sûr de moi. À la place je lui montrai mes croquis.

Elle les trouva bien. Surtout ceux représentant la montagne. Car elle ne comprit pas ce que signifiait ceux ayant trait à mes songes. Un peu gêné, je restai dans le vague. Pour me sortir de cet embarras et masquer mon trouble, je trouvai un nouveau sujet de conversation.

Je lui expliquai que je me sentais vraiment différent depuis que j'étais dans la montagne. Je me découvrais désormais beaucoup plus vieux, plus mûr, que quand j'étais arrivé. Le grand air, la solitude... Tout cela avait contribué à ma métamorphose.

« L'expérience de la solitude a bouleversé quelque chose en moi. Tout n'a pas toujours été agréable, mais j'ai appris petit à petit à dépasser mes aversions. Et ça, c'est nouveau pour moi.

Je crois que je me suis déconditionné, à vivre seul dans la nature. Ça a fait remonter du plus profond de moi des tas de choses, sentiments, sensations, etc., dont je n'avais pas conscience. Et j'ai pu les examiner au calme.

Ici, il ne me manque rien. Parce que je n'ai besoin de rien. J'ai tout l'espace et tout le temps nécessaires.

Je pense que les bergers, comme tous ceux qui vivent au

contact de la nature, sont plus proches des forces spontanées, instinctives et passionnelles. Ils sont face à eux-mêmes, à leurs pulsions, sans avoir d'autre recours que de les apprivoiser dans la solitude qui est la leur, ou de devenir fou. »

« Les bergers sont certainement des sages qui savent s'accorder avec les forces vives de la nature. Pourtant, s'ils ressortent tous transformés de leurs premières expériences, ce n'est pas toujours dans le bon sens. J'en ai vu plein revenir de la montagne pire qu'avant. »

« Dans quel sens ? »

« Oh, certains encore plus stupides. Ou plus sauvages. Devenus inabordables. »

« Mais ce n'est qu'une conception, en opposition avec la réalité sociale de notre monde. Ça ne veut pas dire qu'ils ont tort. Ils sont seulement en marge. »

« Oui, mais certains sont complètement déconnectés de la réalité. »

« C'est peut-être le risque encouru que de vivre trop longtemps seul. Mais cela ne nous autorise pas pour autant d'y porter un jugement. De bien ou de mal. C'est simplement différent. »

« Tu as peut-être raison. Je ne sais pas. »

« Sans doute que ce qu'ils gagnent en spontanéité, ils le perdent en réflexion, s'ils ne font pas attention. Le mieux ce serait de pouvoir allier les deux choses : le côté intellectuel à la sensibilité. »

« Si la personne concernée en est capable. Mais je ne suis pas sûre qu'il en soit ainsi pour tous. Sortir les puissances des profondeurs de l'homme peut être assez dangereux. Car dans les profondeurs il y a de tout. »

« Oh oui, je suis d'accord avec toi, on y trouve de tout. On peut en tirer le pire comme le meilleur. Cela peut être déconcertant. En tout cas c'est un rude apprentissage. Et on peut y laisser des plumes... »

« C'est la dure école de la vie ! »

« Pour la plupart des gens, l'éducation c'est l'école. Mais je me suis aperçu que j'ai beaucoup plus appris en quelques jours, seul dans la montagne, qu'en des années passées à m'user les frocs sur des bancs de classe. Finalement c'est peut-être grâce à l'école, et au développement intellectuel que j'y ai acquis, que j'ai su mettre à profit cette expérience. Je ne sais pas trop bien ce qu'il en est au juste. Ce qui est sûr, c'est que je ne peux plus refaire le chemin à l'envers, à présent.
Ce que je sais, par contre, c'est que parfois j'ai l'impression de décoller totalement de ce monde. Quand je grimpe sur un rocher, au sommet de la montagne, et que je me laisse envelopper de soleil, ou battre par la pluie, le vent et les nuages... les vêtements gonflés d'air, les yeux fermés, entouré de tant d'espace, je m'imagine tel un roi, ou un dieu, puissant et solitaire, qui ne s'adresse plus qu'aux bêtes et aux éléments.
Mais heureusement, cette sensation ne dure qu'un bref

instant. Dès que je redescends de mon trône de gloire, je retrouve tous mes attributs humains et j'oublie ces sensations de puissance, pour me sentir à nouveau à l'étroit dans mon corps de chair. Et heureux de l'être. Ah ah ah !!! »

Je ris de bon cœur. Quand j'eus repris mon souffle, je poursuivis :

« Enfin, voilà ce que je ressens quand je suis seul. C'est quelque chose de si nouveau en moi que je n'ai pas fini de faire le tri. Mais j'ai vraiment l'impression d'avoir vieilli de plusieurs années en quelques jours. D'avoir changé. Ce que je suis devenu je ne le sais pas encore, mais je suis certain de n'être plus ce gosse timoré que j'étais.
En tout cas, je ne me reconnais plus ! »

« Non, moi non plus !
Mais ça explique pourquoi quand je t'ai vu la première fois, je n'ai trouvé qu'un gamin, et que te voilà un grand garçon. » dit-elle en riant.

Et nous partîmes dans un fou-rire.
Une sensation d'extrême bonheur me parcourait le corps. J'étais comme porté par une énergie nouvelle, quelque chose de puissant et d'enivrant, une sensation d'excitation irrésistible. Au contact de la jeune fille, une vitalité abondante m'enveloppait, fusant dans tout mon corps, coulant à travers mes veines... Un sentiment exaltant de joie intense me transportait.
En ces instants non quantifiables, plus rien n'avait d'importance. Le temps s'était arrêté. Je me sentais bien.

J'étais gagné d'insouciance et de gaieté. Prêt à rire pour un rien. Et nous ne nous en privions pas.

« Au fait, comment ça va à la ferme ? »

« Bien. Tes parents sont partis furieux, mais je crois qu'ils ne voulaient pas s'attarder plus longtemps au pays. Ils se sont fâchés avec ta tante. »

« Mince. Je suis désolé pour elle. »

« Bah. T'en fais pas, elle en a vu d'autres la vieille !... Oh, excuse-moi ! »

« Non, non, ce n'est pas grave ! C'est votre façon de vous exprimer.
Je ne suis pas venu vous changer. C'est plutôt à moi de m'adapter. »

« Oh merde ! Il est déjà bien tard, fit-elle soudainement. Il faut que je rentre. »

Elle se leva brusquement, déposa un baiser sur ma joue et disparut sans me laisser le temps de réagir.

Toute la soirée, je ne pus me défaire de son souvenir. J'étais tellement surpris par cette rencontre inattendue. Par cette métamorphose dans nos rapports. Moi qui l'avais tout d'abord trouvée plutôt banale, quelconque, je venais de découvrir, sous ses allures de garçon manqué, une créature qui savait aussi se faire charmante. La première fois que je l'avais vue, je n'avais remarqué que son air farouche et arrogant, et la haine qui l'animait à mon égard. Depuis que nous avions pu échanger quelques moments cordiaux, et que j'avais pu la contempler à loisir, je la trouvais plutôt jolie. Non pas que j'étais amoureux, pas encore, mais elle me plaisait bien. J'avais été fasciné par tant de vitalité débordante, de spontanéité, et de gaieté naturelle.

J'avais passé une journée super agréable en sa compagnie, et j'avoue que déjà je l'aurais revue avec plaisir. J'imagine que, de son côté, elle dut se dire la même chose, car dès le lendemain, elle revint me voir.

Mais entre temps, je fis un nouveau songe.

53

Le Palais sous le Lac

J'étais dans l'eau. Je suffoquais. J'avais beaucoup de mal à respirer. Mais je vivais toujours. Et je coulais. Sans doute à cause de l'armure. J'étais trop lourd. Et impossible d'esquisser le moindre geste pour me délester. Je sombrais lentement dans des profondeurs abyssales sombres et humides.

J'avais bu la tasse et, petit à petit, ma mémoire s'effilochait. Tous mes souvenirs s'évanouissaient. Mes sens s'émoussaient. Je pénétrais dans le Monde d'Ankoun. Et dans ma tête, dans mes oreilles, le chant des sirènes poursuivait sa douce mélopée. Le charme captateur des puissances de la mer m'entraînait, trop loin pour que je puisse refaire surface, me laissant une sorte de mélancolie difficile à surmonter. Une mélancolie sans regrets, car sans souvenirs. Je n'avais plus aucune force. Le chant des sirènes s'était emparé de mon esprit. Mes pensées ne parvenaient plus à ma conscience. Je n'entendais plus que leurs voix.

Je m'aperçus soudainement que des milliers de visages m'entouraient. Grimaçants, ricanants et menaçants, ils dérivaient dans ma direction pour m'étreindre d'une terreur aveugle. J'eus un haut-le-cœur. Ces visages me répugnaient. Je ne voulais surtout pas qu'ils s'approchent de trop près, qu'ils me touchent. Mais j'étais paralysé, au milieu de tous ces cadavres où les lambeaux de chair pendaient sur les os. Visages d'hommes torturés, de femmes violées, d'enfants maltraités... Je hurlai.

Mais aucun son ne sortit de ma bouche.

Alors, en dernier recours, j'invoquai le Vieillard du Lac. La réponse ne se fit guère attendre. J'aperçus dans le lointain brumeux, des profondeurs océanes, comme un mirage : un être à la peau claire et ridée, les cheveux longs et blancs comme l'écume, rappela les vents et les courants, et calma les esprits déchaînés.

Un enfant à la peau de nacre argentée, les extrémités des membres palmées, s'approcha de moi.

Il agrippa avec une douceur extrême et je fus emporté par l'Enfant-Poisson, le Roi sous la Mer. Ma vue se brouilla. C'est dans une semi-clarté que je découvris le décor sous-marin nous entourant. L'Enfant m'entraînait vers son royaume : le Palais sous le Lac.

Une magnifique bâtisse se dressait au fond des eaux. Le palais miroitait de mille feux, ses flèches pointant haut vers le ciel, du moins les cieux sous la mer.

Je fus déposé dans une chambre. Des tapisseries recouvraient les murs et le sol, des meubles faits de corail et divers objets taillés dans les coquillages du lac composaient la pièce avec raffinement.

L'Enfant-Roi me présenta une garde-robe. Il me proposa de me changer. Puis Il me fit comprendre de le rejoindre dans la salle du trône dès que je serais prêt. Il quitta la chambre et je me retrouvai seul. Enfin, le croyais-je. Une voix derrière moi me fit sursauter :

« Ah, te voilà ! »

Je ne l'avais pas vu en entrant. Mon religieux compagnon

était déjà là à ruminer ses sombres pensées.

« Bon, il faut trouver tout de suite un moyen de nous échapper de cet endroit démoniaque. Qu'en penses-tu ? Il vaut mieux opter pour une fuite discrète, ou devrions-nous les affronter de face ?... Mais que fais-tu ? »

« Je me change ! »

« Oui, je le vois. Mais tu ne vas pas endosser les habits de ces créatures infâmes ?! »

J'avais déjà ôté l'armure et mes vieux vêtements. Je me sentis aussitôt plus léger.

« L'armure devenait trop lourde à porter, dis-je. Elle entrave mes mouvements, et puis, dans l'eau, elle me fait couler. Ce n'était vraiment plus pratique, et plus nécessaire. »

Je choisis parmi la garde-robe que m'avait présentée l'Enfant-Poisson, un costume bleu nuit. La matière était douce et agréable au toucher. Elle ressemblait à de la soie, mais ce n'était pas une matière terrestre. Dès que je l'eus enfilé, je me sentis mieux. C'était bon de pouvoir se sentir propre et bien habillé après toutes ces aventures. Je crois que sur le moment j'aurais même apprécié un bon bain chaud et mousseux. Cette dernière pensée me fit rire. Ne me trouvais-je pas déjà au fond d'une immense baignoire ?

« Allez, reprends ton armure, et aide-moi à nous sortir de là. Nous devons rejoindre la Lumière du dehors au plus vite. »

« Non ! Tu m'agaces à la fin, à voir le mal partout ! Cette fois je ne te suivrais pas. Pas avant d'avoir honoré mon hôte et appris ce qu'il veut de nous. Nous repartirons peut-être d'ici, mais pas comme ça. Et d'abord, comment es-tu arrivé ici ? »

« J'ai été fait prisonnier par les créatures du lac. Elles m'ont assailli quand je suis tombé à l'eau, alors que je tentais de refaire surface. Après, je ne me souviens plus.
Je me suis réveillé dans cette pièce. Une créature hybride a tenté de m'ôter mes affaires. Elle voulait me prendre ma croix et je l'ai repoussée. Alors elle s'est enfuie. Et tu es arrivé.
Mais je ne vais pas moisir ici longtemps ! Et je t'en conjure, au nom de notre Seigneur, viens avec moi. Ne te laisse pas tenter par ces richesses matérielles. »

Encore une fois je déclinai la proposition. Je me rendais compte que tout ce que disait mon compagnon depuis le début n'était pas faux, mais il se servait de vérités pour une cause restrictive. Il se faisait une certaine idée du bien, sûr d'avoir raison, et tentait de l'imposer à tous, par la violence. Il disait agir pour le bien de ceux qui ne savaient pas, contre les méchants. Mais n'était-ce pas au nom du bien que les pires crimes étaient commis ?

« Non, je ne reviendrai pas sur ma décision. Je veux savoir ce qu'on nous veut. Je ne ressens pas comme toi de maléfice en ces êtres. Et je veux en avoir le cœur net. Je vais d'abord me rendre à la salle du trône. »

Pour tout effet personnel, je n'emportais que ma flûte et mon épée ébréchée. Je ne pouvais pas encore m'en séparer. Je me serais senti trop nu sans cette dernière. J'avais la sensation qu'elle me protégeait encore, bien que je sus que j'étais à la merci des êtres du Lac.

« Quelle tête de mule ! Attends-moi. J'arrive.
Mais il n'est pas question que j'enfile leurs habits ! »

« Comme tu voudras. Mais dépêche-toi ! »

Et nous quittâmes la chambre. Je ne savais pas par où nous devions aller pour trouver la salle où l'on nous attendait. C'est pourquoi nous errâmes un certain temps à travers les corridors. Il n'y avait pas âme qui vive auprès de qui se renseigner. Les couloirs étaient désespérément vides. Nous finîmes toutefois par tomber sur la grande salle au hasard de notre course.
Des gardes armés de tridents nous ouvrirent les portes. À notre entrée, toutes les créatures assemblées dans l'immense pièce s'approchèrent de l'allée centrale. En silence, elles mirent un genou à terre et baissèrent la tête, tandis que nous traversions la salle pour nous approcher du trône. Le Roi du Lac nous y attendait, patiemment. J'étais fort gêné. Je ne connaissais rien du protocole en usage. Je tentais un salut respectueux envers notre hôte. Je dus paraître ridicule, mais cela n'avait guère d'importance, seule l'intention comptait, me dis-je. Il sembla le comprendre ainsi et nous sourit.

« Bienvenus dans le Grand Abîme. »

54

Le Souverain des Eaux

Le Maître des lieux nous dévisagea longuement avant de poursuivre sur un ton lent et limpide. Sa voix était cristalline. Elle sonnait comme une douce musique à mes oreilles. Le Monarque était sans âge et sans sexe, d'une délicate beauté.

« Je vois que tu t'es changé. C'est bien. Tu as d'ailleurs choisi un vêtement qui te va parfaitement. Tu dois te sentir plus à l'aise, n'est-ce pas ? » dit-il en s'adressant à moi.

Puis, sans attendre de réponse, il se tourna vers mon compagnon.

« Quant à toi, tu refuses toujours de te défaire de tes préjugés. Soit, c'est ton droit. »

Il nous expliqua alors les raisons de notre présence en ces lieux, et ce qu'il attendait de nous.

« Vous vous êtes égarés bien loin de chez vous. À force de courir après des chimères, vous deviez finir par vous perdre. Cela aurait pu être sans conséquence si vous n'aviez soulevé le courroux des éléments contre vous.

Pour les apaiser, à présent, il vous faut aller jusqu'au bout, ou vous incliner. Et tout reprendre du début.

Tous ces combats que vous avez menés dans les royaumes infernaux, vous les avez livrés contre vous-mêmes. Contre vos propres monstres intérieurs. C'est pourquoi, désormais, il vous faut achever le travail en affrontant votre dernier ennemi : l'orgueil.

La suffisance est l'hydre des légendes, ce monstre à neuf têtes dont chaque tête repousse quand on la coupe. Car tant que l'on n'a pas vaincu tous ses penchants, ceux-ci refont surface irrémédiablement, les uns après les autres. C'est toutes à la fois qu'il faut les couper pour vaincre le monstre, sinon nos efforts demeurent inefficaces.

La suffisance est une activité qui consomme beaucoup d'énergie, la plus grande quantité de nos forces, en vérité. C'est pourquoi il est nécessaire de la supprimer. À elle seule, elle rend tous les progrès obsolètes. Quand on en est là où vous en êtes. C'est elle qui contraint l'homme qu'elle tient sous son joug à se sentir sans cesse offensé, blessé par les autres, et les pousse à la jalousie, à la haine, à se sentir déchiré lorsqu'on lui donne le sentiment de n'être rien, qu'il ne vaut pas un pet de mouche.

...

Un tel homme n'est pas maître de lui. Parce que la maîtrise de soi, c'est être capable de garder le moral en toute circonstance, quoi qu'il se passe. De ne pas être bousculé lorsqu'on se sent bafoué. On n'accède à la pleine conscience que lorsqu'il ne reste plus de suffisance en soi. C'est quand on n'est plus rien qu'on devient tout !

Voilà le dernier et le plus terrible des combats qu'il vous reste à mener. C'est un combat foudroyant, car il s'agit de se faire violence. L'importance que l'on se donne ne peut être combattue par de la délicatesse. Car cela devient de la mollesse. Le doux, le tendre, ne sont que des pleutres, et la vie ne tolère pas les tièdes. Regardez autour de vous, dans tous les règnes c'est la même loi qui prévaut à la survie des espèces, celle du plus fort, du plus habile, du plus adapté à la situation. Il faut être fort pour mériter sa place dans le Monde.

Croyez-vous que la Vie respecte vos croyances et vos principes moraux ? Elle se moque de vos certitudes et de vos doutes. Lorsqu'un choc se produit, la Vie vous demande-t-elle votre avis ?

La Vie ne fait pas la différence entre un homme et un caillou. Alors que sont les coups que vous prenez, pensez-vous ? On n'échappe pas aux chocs, ils sont nécessaires à la prise de conscience. Ce sont eux qui font bouger ce qui voudrait demeurer stable, figé. Et rien ne fait plus peur que le changement, l'inconnu. Ce sont les chocs qui réveillent ceux qui dorment. Ils sont indispensables pour secouer les âmes plongées dans le sommeil au contact de la matière. »

Á mes côtés, je sentais mon compagnon nerveux. Son exaspération et son antipathie étaient presque palpables. Il bouillonnait intérieurement. Mais le Souverain des Eaux poursuivait son explication, ignorant la crispation de l'ermite.

« C'est par la connaissance de soi que l'homme se réveille de son assoupissement, cet engourdissement qui l'asservit à son monde quotidien, l'enchaînant au jeu duel du plaisir et des souffrances. L'ignorance est la cause de la captivité de l'homme, tandis que la connaissance lui permet de se libérer. L'ignorance c'est la mort de l'être. Seule la connaissance donne l'immortalité. Parce qu'elle élève l'être à sa réalité abstraite, là où rien ne périt. Tout change, tout se meut, mais rien ne disparaît. »

L'Enfant-Roi s'arrêta quelques instants pour nous examiner.

« Connaître, c'est Se connaître. Se connaître, c'est s'enfoncer en soi-même, au plus profond des entrailles de l'être, jusqu'à y découvrir de nouveaux espaces encore inconnus de nous.
Cette connaissance est en chacun. Là où Souffle le Forgeron de la Lumière. C'est pourquoi il ne sert à rien de chercher une quelconque réalité spirituelle quelque part. Mieux vaut savoir tout de suite que ce quelque part est en nous. »

Son regard était tourné vers le moine, intensif, puissant.

« Ce n'est pas une simple croyance en quelque doctrine incomplète qui arrache l'homme se débattant maladroitement, dans une totale impuissance, au fond du bourbier de la superstition.
Le monde spirituel se révèle à l'homme en passant par la psyché. Malheureusement, son passage perturbe le psychique qui se met en mouvement, entraînant avec lui tous les miasmes résiduels des croyances collectives, d'imagination en effervescence, de réalités déviées qui s'attachent au psychisme saturé d'images surnaturelles pour s'égarer sur des plans subtils, en des visions déformées. Et sur les plans psychiques, les dangers de fascination sont nombreux, n'attendant que l'instant propice pour déformer la réalité afin d'assouvir tous les fantasmes.

Tous ces effets secondaires engendrés par le passage du spirituel n'ont pourtant plus rien à voir avec sa révélation authentique. C'est l'ego déformateur qui récupère la révélation spirituelle à son compte pour l'entacher de ses fantasmagories, dont lui-même n'a souvent pas conscience, tant elles sont enfouies dans l'inconscient, provenant des siècles de pensées collectives déviées par les superstitions les plus incroyables. Et cet ego est rusé. Il sait très bien, sous des couverts vertueux, manigancer et manipuler ses semblables, finissant par se prendre lui-même à son propre jeu, bien souvent. C'est le mental spirituel ainsi récupéré par les délires psychiques qui voile, de son brillant masque d'or, aux yeux des croyants, la face d'une connaissance directe provenant d'au-delà de la simple conscience intellectuelle.

Non, il est important de ne pas tomber dans les pièges du psychisme. Il faut se méfier des grandes facultés psychiques, des pouvoirs parapsychologiques dangereux dont l'ego en mal de surnaturels se sert, et se sert très mal, pour alimenter ses élucubrations mentales.

La plupart des « voyants », et autres médiums, ne sont que des charlatans qui jouent aux apprentis sorciers avec des pouvoirs dont ils ignorent tout. Quand bien même ils ont accès à ces énergies qu'ils prétendent manipuler, ils deviennent de véritables dangers et des pollueurs à éviter à tout prix. Ils sont inconscients des risques qu'ils encourent et font courir aux autres, violant l'intimité énergétique de ceux qu'ils côtoient, interprétant ce qui ne peut être interprété, déformant la réalité, transférant sur d'autres psychismes leurs névroses, encombrant les plans subtils de leur médiumnité suffocante. Être branché ne veut pas dire que l'on sache où. Et certainement pas avec de soi-disant « Maîtres de Sagesse » désincarnés.

Comment peut-on imaginer que de tels Maîtres, s'il en existe, puissent descendre aussi bas pour perdre leur temps avec des personnalités préoccupées de peccadilles, ou communiquer des messages sans intérêt autre que celui de faire se trémousser ou glorifier l'ego de quelques individus en mal de sensations.

Tous ceux qui croient aux miracles énergétiques personnels sont à côté de la plaque. Ces croyances ne sont que des malentendus dus aux superstitions infantiles transmises de génération en génération. Il n'existe aucune énergie toute puissante capable d'éviter n'importe quel problème. Ceux qui croient en tout ceci ne sont que des rêveurs qui prennent leurs fantasmes pour des réalités.

Ce ne sont que des tentatives de complot de la personnalité alliée à l'ego collectif pour étouffer l'appel de l'âme. Mais l'homme qui parvient à déjouer ces complots finit par s'élever au-dessus des superstitions. Car chaque tentative avortée rapproche un peu plus de l'épuisement des forces de la personnalité.

Ce n'est que lorsqu'il prend conscience de « tout » ce qu'il est que l'homme peut se dire « éveillé ». Jusque-là il dort au sein de la Matière. »

« Mais comment pouvoir être sûr de tout ce qu'on est quand on ignore ne pas savoir certaines choses ? » ne pus-je m'empêcher de demander.

« Par l'intuition ! La connaissance directe qui frappe de certitude comme la foudre. La connaissance réelle ne procède pas du mental, mais elle jaillit par révélations spontanées à travers la substance mentale. Elle est l'Intelligence pure, non-mentalisée, supra-consciente. Cette Intelligence n'est pas l'ego, la pensée, ni même la substance mentale. Le mental n'est rien d'autre qu'un agent de transition, une accumulation de milliards d'années d'évolution, qui doit finalement être dissout, ou transmuté, pour être directement dirigé par l'Intelligence pure.

Contrairement à cet agent, l'Intelligence n'est ni morale, ni religieuse, ni scientifique, ni même spirituelle. Elle est au-delà de tout cela, au-delà de toute « mentalisation ». C'est une Présence qui est là sans être là, et qui ne se fait sentir dans la substance corporelle qu'une fois la libération psychique opérée. Cette Présence a toujours été là, c'est même elle qui a présidé à la formation des divers corps. Cependant, les épaisses couches de mentalisation déposées sur ces corps, voilent si fortement l'instantanéité du contact de cette Présence qu'elle paraît inexistante et insoupçonnée de la personnalité. Elle représente de ce fait le premier choc de l'Inconnu, et le plus grand, quand elle parvient à franchir les voiles et à se manifester ouvertement, pour la personnalité de surface qui se pensait seul maître à bord, croyant pouvoir agir indépendamment de l'Intelligence directrice.

L'Intelligence pure agit tout le temps, mais longtemps à travers les pouvoirs inférieurs du mental qui l'altèrent en y ajoutant leurs propres caractéristiques. Ce n'est qu'une fois que l'homme est prêt pour un contact immédiat, que la Présence va s'exprimer directement, donnant à l'homme les moyens de décoller de la surface des perceptions du mental sensoriel, source de tous les conflits par les émotions, les jugements, les désirs ardents... dont elles sont chargées. Cette Intelligence fonctionne incomparablement mieux que toutes les solutions que la pensée peut envisager. La Présence peut montrer alors à l'homme qui est prêt la nature erronée de ses perceptions et de ses conceptions mentales, éclairant l'esprit et le cerveau, et transcendant les corps de la nature humaine. Si cette « calamité éclairante » s'attrape comme une maladie, sans l'avoir désirée, parce qu'elle arrive sans crier gare, prenant par surprise ceux qui la reçoivent de plein fouet, la « descente » de cette Intelligence dans le corps humain ne dispense pas ceux qui y aspirent de passer par les étapes « ascensionnelles » de la phase spirituelle de préparation. Il n'y a rien à faire pour qu'elle se manifeste, mais il faut se préparer avant, préparer ses corps à la rencontre. Et ce n'est pas par quelque volonté personnelle qu'elle surgit. Le simple désir d'y parvenir, d'apprendre, ne suffit pas non plus pour atteindre à cette connaissance. Elle réclame une volonté impersonnelle. Or, la volonté impersonnelle est peut-être ce qu'il y a de plus difficile à atteindre. Car dès que l'on veut quelque chose, même avec une bonne volonté, c'est tout de même du vouloir et à ce moment-là, c'est la volonté personnelle qui intervient. L'Intelligence opère comme elle veut, échappant à toute décision de la pensée humaine. Elle est dépourvue de toute volonté égotique.

Dès que l'homme fait intervenir sa volonté personnelle, il dévie le cours naturel des événements. C'est cette même volonté qui empêche l'homme de se connaître.

La volonté est le frein à la compréhension de l'univers. Car plus elle pousse l'homme à tout interpréter, à tout concevoir, et plus elle met de séparation entre lui et le reste, créant un vide entre les choses là où il n'y a pas de séparation. La vision spirituelle du monde, fabrique une opposition entre l'Esprit et la Matière, deux aspects duels de la Réalité. L'Esprit étant assimilé à l'âme consciente, la Connaissance, la Vérité et l'Unité, tandis que la

Matière, la Substance, la Nature, représente la force exécutrice, mais aussi l'Ignorance, l'Illusion et le Diable. Pourtant, à la Lumière Supra-consciente, ces deux aspects de la Réalité sont une seule et même vérité indissociable. »

J'intervins une nouvelle fois.

« Mais si la volonté personnelle est un facteur d'incompréhension de la réalité et un frein, en même temps le libre arbitre est le seul facteur directeur capable de modifier la destinée de l'homme. C'est la volonté qui choisit ce qu'elle désire, acceptant ou rejetant les occasions, faisant le choix dans ce qui se présente. Même si le libre arbitre absolu n'existe pas, car nous sommes toujours dépendants d'une suite de circonstances déterminées, par la volonté et la raison, il nous est donné la possibilité de les modifier.
Ainsi, en chacun de nous coexistent à la fois la prédétermination et le libre arbitre. La balance penchant tantôt plus d'un côté que de l'autre, mais jamais franchement. »

« Oui, ce n'est pas faux !
L'homme est prisonnier dans sa cage de verre, limité par des barreaux infranchissables. Mais en même temps, à l'intérieur de cette cage, il est le maître, libre d'aller et venir où bon lui semble.
Le seul moyen de se libérer de ces barrières, de ces limites restrictives, et de faire éclater la prison de verre, est de laisser intervenir la volonté impersonnelle. Puisque c'est la volonté égotique qui crée l'illusion de cette cage, illusion qui pour la personnalité devient bien réelle et

donc infranchissable, il est impossible de s'en affranchir par cette même volonté. C'est donc dans le transcendant, l'impersonnel que se trouve l'issue de secours, pour échapper à l'internement à perpétuité.

Il n'y a rien à désirer, mais en même temps, il faut savoir mettre en œuvre tout ce qui est nécessaire pour parvenir à la pleine connaissance. Et ce n'est qu'une fois que cet orgueil qui l'habite et le motive aura déserté l'homme, cause principale de l'intervention de la volonté personnelle, que la volonté impersonnelle, l'Intelligence pure, pourra intervenir directement sans passer par ses intermédiaires actuels, cette Force consciente à laquelle l'homme doit s'abandonner pour accomplir la transformation nécessaire de tout son être.

Voilà pour votre suffisance. »

55

Un Étrange Marché

Portant son attention sur moi, il poursuivit.

« Tu as déjà combattu l'orgueil à plusieurs reprises, ici ou ailleurs, me dit-il. Lorsque tu as accepté de chevaucher la mule, par exemple. Ou quand tu as été la risée du village... Tu as su faire preuve d'humilité maintes fois. Cependant, l'humilité est aussi de l'orgueil, puisqu'elle en est son contraire. »

Puis, il s'adressa de nouveau à nous deux.

« Votre quête est courageuse. Vous avez choisi un chemin bien difficile, et honorable, car peu nombreux sont les hommes qui choisissent d'abandonner leur tranquillité ignorante pour la recherche épineuse de ce qu'ils sont. Même si le choix n'en est pas un.
La nature de cette quête est dangereuse pour ceux qui ne peuvent en comprendre le sens. Mais vous avez su enjamber les étapes avec brio. Et si vous vous en êtes bien tirés jusque-là, à présent, il vous faut renoncer à cette voie. À la manière d'entreprendre les choses, et d'interpréter les événements.
Elle était nécessaire durant un certain laps de temps, elle était même un lieu de passage obligé, mais désormais elle

serait sans issue si vous vous évertuiez à l'emprunter encore. Parce qu'il est nécessaire de développer le côté spirituel du mental pour atteindre l'âme, développer sa Personnalité et la renforcer. Mais il faut savoir ensuite s'en débarrasser.

Pour des êtres qui en sont là, le but de la vie est de réaliser son identité réelle, la fameuse « Réalisation Spirituelle du Soi ». Pourtant, pour tous la route ne s'arrête pas là. Ce n'est encore qu'une étape. Une étape au cours de laquelle le « réalisé » a cessé de se prendre pour l'ego. Il a quitté le domaine de la dualité moi et autre, pour s'établir dans le domaine de l'unité. Unité avec le Tout, avec l'univers.

Toutefois il a quitté le monde de la dualité moi-autrui, pour se retrouver au centre d'une nouvelle dualité moi non-moi. Scientifiquement, cette intuition de l'unité fondamentale, cette sensation de ne plus faire qu'un avec l'univers, est un accès par-delà la réalité ordinaire du monde « ex-plié », au monde « im-plié ». Et dans ce monde implié, on est seul.

Et oui, cette dernière dualité est le règne de la Solitude. Une fois que l'on fait un avec le tout, on est seul, désespérément seul. Et c'est douloureux, parce qu'au début cette solitude n'est pas acceptée. Puis, on finit par se faire une raison et par trouver des expédients. Dès lors cette solitude est avidement recherchée. Mais cela ne se fait pas tout seul, il faut encore traverser des moments de souffrance intense. Il n'y a plus personne pour nous comprendre...

D'ailleurs, il n'y a jamais eu personne pour nous comprendre, et ce n'est pas nécessaire, mais on en prend réellement conscience pour la première fois. On se rend compte qu'on est seul dans l'univers, il n'y a pas de relation possible, de communication avec autrui. On se parle toujours à soi-même, à travers l'autre. C'est le lieu d'un isolement total, sans besoin des autres, sans quoi il y aurait souffrance. Or, quand cela est compris et accepté, on nage dans la joie, dans ce qu'on croit être la béatitude. On commence à réaliser sa solitude et son impossibilité de connaître et de comprendre les autres, car chacun prend sa source dans l'Inconnaissable et l'Incommunicable. Et c'est ça qui effraie.

La Conscience est un mouvement de l'Être Unique. Quoi qu'on fasse, quoi qu'on dise, on est seul face à la conscience de cet Être Unique.

Personne n'est identique, personne ne vit sur la même terre. L'univers n'est pas le même pour tous, parce qu'il est relatif à chacun. Chaque être le perçoit de façon différente. Chacun de nous réduit la réalité du monde à ce qu'il peut en comprendre ou en percevoir, depuis sa toute petite cellule isolée de celle des autres, tentant de la faire entrer dans les dimensions sensibles de ses sens physiques ainsi que celles très réduites de son mental intellectuel et spirituel, un esprit incapable d'assimiler la notion même d'infini.

Nous sommes tous uniques. Et pourtant nous ne faisons qu'Un. Nous sommes tous inaccessibles, et cela d'autant plus que nous sommes parvenus à ce détachement des affaires du monde, que nous sommes réalisés. Mais pas à la manière des « saints ». Il n'y a pas d'effort à fournir, de privation quelconque à exiger. Un homme qui est détaché n'a pas l'impression de se priver de quelque chose. Un homme détaché ne contrôle pas son détachement. Il ne calcule rien. Parce que jusqu'à un certain stade le contrôle ne peut être vécu que sous forme de frustration. Que ce soit le contrôle émotionnel, intellectuel ou le contrôle des besoins et des plaisirs du corps... Ce n'est pas une méthode ascétique à assimiler, une manière de se cacher des autres, ni de soi-même. Se cacher c'est comme se voiler la face, cela ne sert à rien. Cet abandon volontaire de soi-même n'est pas le détachement. S'abstenir est mesquin. C'est accorder de l'importance à ce dont on se prive. C'est la méthode artificielle et entachée de moralisme des gens qui s'imaginent qu'il y a quelque chose, un monde, des êtres, une société... à quitter. S'arracher aux autres, c'est avant tout s'arracher à soi-même.

Ce n'est pas la solitude des hommes qui vivent détachés pour s'évader vers la liberté.

Voilà ce qu'est donc cette étape de la Réalisation Spirituelle vécue au plus profond de Son Être. C'est une étape qui peut durer longtemps, des vies entières. Mais elle peut aussi être balayée en un instant, pour passer à la suivante.

La nature humaine n'est qu'une transition vers autre chose. Un passage obligé dans le long processus de l'évolution. Et seul ce qui est involué peut évoluer. Sinon il ne pourrait y avoir de réalisation, de descente de la lumière dans la matière, ni d'émergence.

Pour beaucoup d'hommes, tout cela est encore du domaine de l'abstraction, et donc du domaine intellectuel conceptuel. Ce qui ne veut rien dire. Mais pour d'autres, c'est la réalité vécue. Et pour d'autres encore, mais ceux-là sont très peu nombreux, c'est déjà dépassé. »

Le Souverain, jusque-là demeuré assis, se redressa et se tint droit, devant nous, nous dominant du haut des marches de son trône, malgré sa petite taille. Il fixa l'espace par-dessus notre épaule.

« Il y a en chaque être humain des montagnes à franchir, des cols à passer, des marches à gravir, des espaces à remplir et des tremplins à ne pas rater. Il y a aussi des descentes à effectuer la tête froide, des chutes à éviter, des glissades à essuyer, des ratures à gommer, des doutes à écarter et des certitudes à établir. Quand tout cela est fait, quand l'homme s'est construit, tout est à défaire et avec un regard neuf, savoir qu'on ne sait rien. Ensuite seulement, on commence à apprendre vraiment, quand tout le passé a été balayé, et que l'homme a fait peau neuve. Il faut que le passé ne soit plus pour que le présent devienne possible.

Mais si l'homme porte un résidu ténébreux, ne serait-ce qu'une once de suffisance, il n'a encore rien fait, et il ne peut qu'en souffrir.

Les tensions que vous ressentez sont dues au fait que tout en avançant sur le chemin du dévoilement, vous n'avez pas encore tout abandonné de votre ancien mode de fonctionnement. Vous vous en tenez encore trop à la surface des choses. Il faut que vous esquissiez une véritable plongée en profondeur, à l'intérieur des choses, à l'intérieur de vous, désormais.

Sous l'homme de chair et d'émotions se cache un homme d'esprit et d'intuition. C'est lui qu'il s'agit de faire émerger au-dessus des flots du psychisme.

Quand ce sera fait, alors oui, vous pourrez refaire surface à la Lumière de l'extérieur. Il y aura toujours des « voiles de lumières » dont vous aurez du mal à vous débarrasser, mais l'essentiel sera accompli et vous pourrez franchir l'espace infini qui vous sépare de la Source, en un saut de puce.

De toute façon, quel que soit le chemin emprunté, il

retourne inexorablement à la Source. Et s'il lui arrive de trébucher, de tomber, parfois de reculer et de se faire mal, l'homme se relève toujours et finit par surgir des ténèbres de l'ignorance pour se fondre dans la lumière de la Connaissance, dirigé par l'étincelle qu'il porte en lui, suivant ce guide, inconsciemment tout d'abord, puis consciemment lorsqu'il a pris connaissance de son essence-existentielle. »

J'étais surtout en train de prendre conscience des expériences malheureuses que je venais de traverser. De mon dessèchement intérieur. De ma mollesse. Que je ne faisais plus que tourner en rond. Alors que j'étais persuadé d'avoir rencontré l'Amour, la voie de la délivrance, en fait, j'avais quitté la voie toute tracée, pour suivre l'ermite dans son errance. Et lorsque le moment était venu de dépasser aussi cet élément religieux, j'avais fait la sourde oreille aux avertissements de la Soi-Conscience. J'avais préféré demeurer accroché à mes idées réconfortantes sur ma divine conception du monde. Parce que le plaisir qui découle de l'illusion que l'on se fait est plus fort que toute impulsion à la dépasser.

Tout en continuant à marcher, je laissais reposer les raisons de mes actions sur une motivation égoïste. Et je m'obstinais brutalement dans ma conduite erronée, traînant derrière moi mon ombre blessée, et mordant dans le brouillard, tel un fou persuadé que la folie vient des autres.

« Maintenant vous devez accepter de payer le prix de votre orgueil !
Je vous propose donc un marché. Il s'agit d'une partie d'échecs. Si vous gagnez, je vous fais déposer sur l'île. Si

vous perdez, vous m'appartiendrez. Si vous refusez de jouer, alors, je vous délivrerai des chaînes qui vous retiennent dans mon royaume. »

Je réfléchis. Où était le piège ? Sa proposition était trop tentante. Pourquoi n'aurions-nous donc pas refusé d'emblée la partie d'échecs. Cela semblait être la meilleure solution. Pourtant, j'imaginais que l'ermite choisirait de tenter sa chance pour atteindre l'île des Bienheureux, sa foi et son désir d'y parvenir étant les plus forts.

« Je refuse de me plier à vos règles, annonça le moine. Je rejette votre partie. Cela ne serait pas digne de ma condition de toute façon. Et on ne joue pas sa destinée dans des jeux de hasard.
Je n'ai besoin de l'aide de personne, surtout pas de vous. Ma foi seule me portera et me mènera à Dieu. »

« J'accepte ! » dis-je, sans l'ombre d'une hésitation, énonçant le mot presque malgré moi.

« Bien. Qu'il en soit ainsi. »

Le Souverain fit un geste dans les airs, que je ne compris pas, puis il s'adressa de nouveau à l'ermite :

« Ta décision est courageuse, mais que tu es présomptueux et très idiot, mon pauvre ami !
Puisque par deux fois tu m'as désobéi, tout d'abord en refusant d'abandonner ton costume de religieux ; puis en rejetant mon offre ; je te délie de tes chaînes. Tu es libre de t'en retourner, maintenant. »

Il frappa dans ses mains et les portes du palais s'ouvrirent. Je vis mon ami attiré par un souffle invisible, un courant d'air contraire qui l'entraîna hors du palais et de ma vue.

Quelque chose était tombé de la poche de l'ermite. Je me penchais pour récupérer l'objet. Je ramassais une croix en bois que je glissais subrepticement sous mon vêtement.

56
Sans Foi ni Loi

« Voilà un problème de réglé. »

Puis, s'adressant à moi, l'Enfant-Roi annonça :

« De toute façon on ne pouvait pas grand-chose pour lui. Il était l'exemple classique de ces êtres retenus prisonniers par leur mental rationnel. Cela lui aurait été trop difficile de surmonter la souffrance. Mais ne t'en fais pas, il finira par y parvenir, une autre fois. »

« Mais, ne sommes-nous pas tous prisonniers de nos croyances ? »

« Oui, c'est exact. À moins d'accepter l'idée que toutes les croyances sont vraies. Toute doctrine est incomplète. Aucune n'a tort, mais aucune n'a entièrement raison. Croire en tout est le seul moyen de dépasser la foi en quelque chose. Il faut avoir cru en tout pour un jour pouvoir ne plus croire en rien. C'est le chemin qui t'attend si tu vas au bout de toi-même.
Mais avant, il faut que tu passes par chacune des croyances. Il te faut les vivre, les intégrer à ta personnalité, directement ou par personne interposée, pour en faire l'expérience, en épuiser les illusions et en

débarrasser l'idéal qu'elles font naître dans les esprits et qui encombrent la pensée collective. Il te faut reconnaître chacune de ces voies, les accepter pour ce qu'elles représentent, et les dépasser.

Toute croyance est une prison, une cage dorée, comme je l'expliquais tout à l'heure, aux barreaux invisibles. Croire que la beauté est une manifestation extérieure de la vertu, que le péché est lié à l'éducation, ou que le sexe est une question d'hygiène… toutes ces croyances participent des restrictions conceptuelles que l'on se forge. De même, la croyance en la réalisation de soi n'y échappe pas, elle est une prison très attachante. La croyance en une religion, en quelque spiritualité que ce soit est une entrave à la liberté d'être.

Pour être libre, un homme ne peut s'attacher à des idées. Il ne peut être le disciple d'une quelconque institution, ni suivre l'exemple de personne. Il doit se forger sa propre réalité et non les chaînes que d'autres vont lui imposer.

Pour être libre ! Mais tous ne le souhaitent pas. Tout le monde n'en est pas capable. Beaucoup d'hommes ne veulent pas être libres. La liberté est trop effrayante. Elle comporte des conséquences en apparence si écrasantes, qu'il est plus facile de suivre quelqu'un ou de se plier à des règles, même si celles-ci sont injustes. Être libre oblige à être mobile, toujours en mouvement, à rechercher sans arrêt le changement. Car ce qui est figé, enraciné. Ce qui ne bouge plus est emprisonné, dans la terre, dans l'esprit...

La liberté est un fardeau lourd à porter, et il est bien plus aisé de se forger des chaînes ou de courber l'échine devant un maître, que d'accepter de vivre cette liberté. »

Je commençais à comprendre l'erreur que j'avais

commise. Un homme, pour être lui-même, ne devait suivre l'exemple de personne. Il ne pouvait être le disciple d'aucune foi. Du moins parvenu à un certain stade de son évolution. Ce sont les enfants qui ont besoin d'exemples pour grandir, mais une fois atteint un certain âge, il doit lâcher la main qui le soutien et poursuivre seul sa voie. Pourtant des questions demeuraient dans mon esprit.

« Mais nous ne pouvons pas vivre sans croire en rien ! »

« Un homme qui suit les recommandations de doctrines, avec foi, est un homme qui répète comme un perroquet ce que la tradition religieuse lui enseigne. Sottement. Et rien de plus.
L'ignorance religieuse et spirituelle est le résultat de longs siècles d'engourdissement mental, au cours desquels l'homme s'est laissé endormir par de belles doctrines. Ses croyances se sont vues réglées et dirigées par les représentants d'un soi-disant Dieu. Et durant tout ce temps l'homme s'est laissé manipuler. Il n'a plus été autorisé à penser que par l'intermédiaire de ces mandataires improvisés pour le commander tel un mouton, le rendant dépendant de leurs décisions. Un tel être soumis à la volonté d'une institution ecclésiastique n'a plus de personnalité propre. Ce n'est plus un individu. Il ne fait que subir les décisions prises par d'autres hommes, qu'il endure telle une agression pour sa personne, car subir est une agression, une violation. Ce n'est plus qu'un mouton de Panurge qui ne sait que bêler au milieu du troupeau, recherchant la protection du chien de berger qui lui est assigné pour le surveiller et lui apporter la sécurité. Il est donc dépendant du berger, son

Dieu, qu'il soit ou non pure fiction de son esprit, et de son intermédiaire direct, son chien qui lui impose ses points de vue. Ainsi positionné au sein du troupeau, il lui devient difficile de pouvoir concevoir autre chose que les croyances qui lui sont imposées par le chien de berger. »

« Cela était valable dans l'ancienne société humaine, mais aujourd'hui, surtout en Occident, les affaires religieuses ont été soigneusement séparées des affaires temporelles, sociales, politiques et culturelles. Il n'y a plus d'émissaire de Dieu qui s'insinue dans l'éducation publique, les administrations... »

« Uniquement dans les apparences. On se dit athée, mais l'homme dans les sociétés modernes a toujours ses idoles. Et il en a en quantité bien plus importante qu'autrefois. Avant, l'unique idole était Dieu. Depuis, il s'est développé les idoles que sont le Pouvoir, la Richesse, l'Argent, la Renommée, l'Esthétique, le Corps, le Sexe... Et à travers toutes ces pensées modernes, c'est le spectre des doctrines d'hier qui rôde. C'est toujours la même moralité qui trône dans les sociétés humaines, même si le but déclaré a changé.
Cette pensée, cette moralité, est si ancienne, si puissante, se vivifiant au cours des siècles, qu'elle s'est fortement ancrée dans l'esprit des gens, plongeant ses racines très profondément dans la partie la plus obscure de la mémoire, se fixant dans l'inconscient collectif, à tel point qu'aujourd'hui encore, même si ouvertement, en apparences, la laïcité a pris le dessus, la morale religieuse prédomine encore partout, dictant, imposant ses règles biaisées et ses principes déviés. »

« Mais alors, il est impossible de s'en sortir. Que l'on soit pour ou contre ces principes, on les reproduit de toute façon. »

« Il est toutefois possible de s'en sortir, mais pas en y adhérant avec foi, ou en les rejetant simplement. Le tout est de ne pas se figer dans une attitude, dans une croyance.

Tout le monde a ses œillères. Tout le monde est sujet aux mêmes préjugés socioculturels, philosophiques, spirituels et religieux, qui que nous soyons, tant que nous n'avons pas intégré toutes les croyances possibles. Ainsi maintenus fermement sur la même position, attachés, ligotés à nos croyances, nous refusons toutes conceptions ou théories autres que les nôtres risquant de les ébranler.

L'homme est véritablement dépendant à l'égard de ses croyances. Elles sont pour lui son unique vérité, sa référence et son leitmotiv. Et il le pense en toute sincérité. L'homme n'est qu'un bouffon de sincérité, pétri d'importance et de préjugés, un clown de carnaval qui fait tinter fièrement ses croyances tels des grelots, enluminé des couleurs vives de ses plus belles théories mentales.

Il est dans l'incapacité de recevoir d'autres témoignages que le sien. Car on ne peut appréhender ce qu'on ne connaît pas. On ne peut vivre ce qu'on n'incarne pas. N'est vrai pour soi que sa propre expérience, son propre vécu. On ne connaît rien des autres que ce qu'on y projette. Notre interprétation du monde, concret comme idéal, se fait à partir de notre propre expérience. Et celle-ci est toujours incomplète, tant qu'on se fixe obstinément sur l'une d'entre elles, sans les embrasser toutes. C'est pourquoi nous avons tous des idéaux qui doivent être détruits avant de nous libérer. »

« Mais d'après certains mystiques, les expériences qu'ils ont vécu ne sont pas illusoires. Ils ont reçu des messages qui les poussent à agir et à croire en Dieu... »

« La croyance en un Dieu est fondée sur des ouï-dires, sur la foi, et non pas sur la réalité tangible, sur le vécu concret. La croyance en Dieu ne repose pas sur une réelle connaissance, mais sur la croyance en cette connaissance. L'expérience mystique n'a rien à voir avec une quelconque réalité scientifique. Et je ne parle pas uniquement des sciences dites « exactes » comme celles qui sont à la base du savoir des hommes du vingtième siècle, mais aussi des sciences occultes... et toute forme de connaissance scientifique quelle qu'elle soit. L'expérience mystique quant à elle représente une conviction qui ne vaut rien. Elle est un acte accidentel, une affaire sans suite, sans cohérence pour ce monde, qui n'a aucune signification réelle.
L'obéissance occulte à laquelle tu t'es soumis doit faire place à la Volonté Impersonnelle qui est en toi et que toi seul peut reconnaître, avant de s'éclipser elle-même pour l'énergie neutre d'une Intelligence Supra consciente. »

« Pourtant, l'amour du prochain est un noble idéal. La plupart des religions sont basées sur le respect et l'harmonie des hommes, sur la paix... »

« Ah bon, tu crois ça ?
C'est vrai tant que tu participes à cette croyance. Tant que tes idées vont dans le même sens, et que tu acceptes de te soumettre au joug de son Église. Mais qu'advient-il

si tu refuses d'adhérer à ses principes ? Tu es rejeté comme un malpropre, accusé d'hérésie et poursuivi, tout comme la non-croyance en la description de ton monde t'exclut de la société.

Même les plus grands « saints », tous les « sages » d'Orient et d'Occident, tous ces hommes qu'on vénère aujourd'hui, tous ces êtres décrits dans les textes sacrés, ces Bouddha, ces Jésus, ces Mahomet, et beaucoup de gens moins illustres, furent à leur époque rejetés, dénoncés, considérés comme fous et dangereux. Parce que leurs idées novatrices n'entraient dans aucun concept déjà reconnu. Ils bousculaient l'ordre établi, froissant les mentalités frileuses. Mais aujourd'hui, ça n'a pas changé, les mentalités demeurent tout autant frileuses.

Non, la religion, quelle qu'elle soit, apporte tout le contraire de ce qu'elle prône, excepté peut-être dans quelques cœurs, mais ce sont là des exceptions. Ce sont les religions qui sont à l'origine des plus grandes atrocités de l'humanité, directement ou indirectement, parce qu'elles sont toutes une conséquence de la pensée, étant nées du mental prédateur, cette pensée qui crée l'idée du moi, séparatrice et discriminante. C'est cette idée qui pose une séparation, la dualité, d'avec tout ce qu'il n'est pas. Souvent, les religions ne sont pas la cause directe des guerres et autres génocides, mais le prétexte facile dont se servent les hommes pour assouvir leurs instincts de meurtre, de haine et de torture, que ce soit en revendiquant des droits qu'ils s'inventent, ou en ne faisant rien, simplement en ne cherchant pas à faire disparaître ce qui peut être cause de dissensions. Là où il y a division, il y a destruction. Le désir d'aimer renforce cette séparation. On est séparé de ce qu'on aime dans la dualité. Parler d'amour de son prochain ne fait qu'accentuer cette différence, cette distanciation, l'idée d'être séparé des autres et du monde. »

« Pourtant, l'amour est quelque chose d'essentiel dans la vie de tous les hommes. On ne peut pas s'en passer. C'est le moteur directeur de toutes ses entreprises ! »

« L'homme a besoin d'aimer, c'est une nécessité sine qua none à sa condition d'être humain. Pour le réaliser, il va chercher l'objet de ses désirs, de ses passions, en une quête frénétique. Ou bien il le trouve en un autre être, avec lequel il va désirer partager son existence. S'il est satisfait de cette union, que son ou sa partenaire lui offre tous les plaisirs qu'il demande, il s'en contentera ; ou s'il n'est pas satisfait, il cherchera d'autres moyens d'assouvir ses passions déchaînées. Il se vautrera alors dans la concupiscence, s'adonnera à la débauche sexuelle, ou encore à d'autres formes de plaisirs les plus inventifs possibles si le feu de ses passions brûle encore trop ardemment. Ou bien encore il se tournera vers une autre forme d'adoration, celle d'idoles, de Dieu, par exemple, le plus facile des substituts à réaliser car il englobe tous ses penchants, idéalisant son besoin d'amour, qu'il sait irréalisable.
Regarde et observe, tu constateras que les adorateurs de Dieu sont des gens frustrés dans leur désir d'amour.
Ce sont tous les timides ; ceux que la pudeur interdit ; ceux qui ne se plaisent pas, qui se trouvent ou que les autres ne trouvent pas beaux, selon la norme esthétique définie par la société ; ce sont aussi les idéalistes qui rêvent de perfection. Tandis que la plupart des gens qui plaisent et qui se plaisent, bien que pas tous, l'exception confirmant la règle, ceux-là parviennent à trouver une

autre personne pour répondre à leur demande d'affection. Mais l'amour, quelle que soit la façon de l'envisager, est toujours au centre des débats.

C'est cette idée de l'amour qui crée les conflits, parce qu'on veut protéger ce qu'on aime et se l'approprier, souvent aux dépens d'un autre, et détruire, faire disparaître ce qu'on n'aime pas.

La mentalisation est soumise à la distanciation de la représentation qui conduit tout être à vivre sous la marque du processus séparateur qui l'habite. De là découlent toutes les frictions et les fictions, les heurts et les leurres, qui hantent son existence.

La pensée est souffrance, conflit, séparation et destruction. C'est elle qui élève l'homme à la civilisation, mais c'est également elle qui le conduit à sa perte, à son auto-destruction. Le mental est le pire ennemi, en même temps que le meilleur ami de l'homme. C'est lui qui lui permet de se différencier et de l'élever au-dessus des autres animaux de la Création, mais c'est également lui qui le maintient dans ses serres puissantes, dans l'ignorance aveugle, empêchant son envol vers d'autres sphères. Il est le plan obscur, adverse, ainsi que la lumière qui éclaire sa conscience. Il est le double protecteur qui permet de diffuser la lumière supra-mentale dans son esprit, filtrant, atténuant ses effets qui seraient catastrophiques sans cela sur l'ignorante obscurité qui enveloppe l'humanité et qui ne pourrait en supporter le choc direct. Et il est le destructeur de cette lumière supra-mentale qu'il engloutit en lui-même, en son inconscience, l'empêchant d'œuvrer directement sur la Matière.

L'agitation effrénée et démesurée que la mentalisation provoque entraînera la destruction de l'espèce humaine.

Tôt ou tard on assistera au chant du cygne de l'ego, à
travers l'errance civilisatrice de la pensée.
C'est pourquoi il n'y a pas de solution en ce qui concerne
la pensée. »

57
Début et Fin de Soi

« Je ne suis pas d'accord avec vous quand vous dites que la souffrance n'est qu'une simple pensée. Quand on souffre, ça fait mal et c'est bien réel. Ça existe !... »

« Non, la souffrance est morale et c'est la douleur qui est physique. La douleur ne fait pas forcément souffrir. Tandis que toutes les souffrances n'ont pas une origine physiologique. La douleur est liée au corps physique, tandis que la souffrance provient de la pensée, de la mentalisation. C'est la pensée de la douleur qui fait souffrir et non la douleur en elle-même.

C'est pourquoi on peut dire que la souffrance n'existe pas. Elle n'est qu'un jeu de l'esprit, un jeu torturé, une conception mentale pour renforcer en l'homme l'idée de son existence sur le plan psychique. C'est une simple sensation pour lui permettre de prendre conscience de l'irréalité du réel. Si les routes qu'il emprunte comporte des épines, c'est pour qu'un jour il soit capable de ne plus les sentir.

Les malheurs de ce monde ne sont destinés qu'à le stimuler pour le faire avancer sur la voie de l'évolution, sans quoi il ne chercherait jamais à progresser. Il stagnerait, et jamais il n'atteindrait la pleine conscience.

Mais au bout du compte, tous ces chocs, toutes ces souffrances, ce ne sont que des frictions qu'éprouve l'énergie dans ses déplacements.

De même ce n'est pas la pensée qui souffre, le mental-pensant n'est qu'un mécanisme qui observe et ne ressent rien. Mais c'est elle qui donne l'impression de souffrir, la pensée émotive, celle qui porte un jugement sur ce qui est observé. Plus exactement, qui fait croire à la souffrance. C'est l'idée de la séparation, de ces corps torturés par l'isolement qui fait mal. »

« Mais si c'est si simple, comment se fait-il qu'il ne cherche pas à ne plus souffrir ? »

« L'homme est pétri d'impulsions frénétiques continuelles, obsédé par ses constructions idéologiques, ses désirs, désirs de sensations, de sensualité, de concupiscence. Il se noie au milieu de ses inondations émotionnelles. Il a trop besoin de reconnaissance affective. Et puis il est constamment préoccupé par sa situation sociale, par ses biens et surtout par le moyen de se nourrir pour subsister. Ce sont tous ces centres d'intérêt dévorants qui accaparent sa conscience quotidiennement. C'est une vie animale que mène cet homme dont la dominante de comportement est l'attaque et la défense, le conflit, la destruction. »

« Que peut-on faire alors pour se débarrasser de cette pensée séparatrice ? »

« Il n'y a vraiment rien à faire pour cela. On ne peut se défaire de la pensée sans disparaître soi-même, puisque c'est la pensée qui crée l'idée du moi. L'homme est sa pensée. »

« Mais je ne pense pas toujours forcément à ce que je suis ! Je n'en continue pas pour autant d'exister. Il y a moi, et puis mes pensées qui vont et viennent. »

« Il n'y a pas d'entité séparée qui aurait des pensées, des sensations, des émotions... mais une de ces pensées, le moi qui fabrique l'identité séparatrice et qui dit « je », s'érige comme entité indépendante et domine les autres pensées.

Sans la pensée nous n'existerions pas. Nous sommes une création vivante de la pensée, une pensée qui nous dépasse et qui contrôle tout. Elle est le maître à bord. Comme une araignée qui étendrait sa toile mentale sur tout, elle attire les idées et les englue à son système de fonctionnement. Elle s'est ainsi emparée du corps et le modèle selon sa volonté. Alors que l'ego croit la diriger, comme un maître commande à son esclave, il se trouve qu'en vérité c'est un esclave qui est passé maître et qui essaie de s'emparer de tout, pour diriger et régner. On ne peut plus le chasser, quoi qu'on fasse, sinon il pousse à la folie. À moins qu'il ne détruise tout, s'autodétruisant avec le reste.

C'est cette pensée qui se réfléchit et qui a conscience de son existence. Mais cette conscience n'ajoute rien à ce qui existe déjà. Elle ne fait que déterminer, mettre des noms à chaque chose qu'elle dissèque, créant des concepts qui lui permettent d'ériger un monde qui tienne debout.

Le soi construit son environnement, dans lequel il va pouvoir évoluer et se construire lui-même. Sans cet environnement il n'aurait aucun repère lui permettant de prendre conscience de son existence. Il naviguerait entre deux eaux, d'une pensée à l'autre, sans jamais se fixer quelque part, sans jamais prendre de forme durable.

Le soi est un produit du conditionnement. Il n'est qu'une pseudo-entité qui n'existe pas sans son environnement. Le sens du soi individuel n'est qu'un concept. Il n'est qu'un cliché que la pensée conceptualise. Ce qui lui permet d'être conscient ce sont tous les clichés mentaux qu'il fait de la réalité, qu'il combine et permute de toutes les façons possibles, comme le ferait un peintre avec les couleurs de sa palette, et qu'il appelle des concepts. Ce qu'il connaît d'une chose ou d'un être, n'est jamais que l'idée qu'il se fait de cette chose ou de cet être, mais jamais la chose ou l'être en lui-même.

La personnalité est le produit de l'influence de la société. Les hommes croient être des individus, mais en fait ils pensent des pensées communes à des milliards d'autres personnes. Avec leurs idées, ils n'expriment que leur conditionnement. Et petit à petit, au cours des âges, les hommes sont devenus des machines à penser.

Bien que la pensée n'ait aucune réalité durable, elle est toujours présente partout. »

« Vous voulez dire qu'il n'existe pas d'espace sans pensée ? »

« L'espace sans pensée existe, mais il n'existe que parce qu'il est encadré par deux pensées. Cet intervalle représente la réalité, mais elle demeure inaccessible par définition.

C'est pourquoi, l'idée de soi existe en continue. Elle est un bourdonnement, un va-et-vient incessant de sentiments, d'idées, de concepts... Si le flot ininterrompu de la pensée venait à s'arrêter, ne serait-ce qu'un bref instant, le concept de soi volerait en éclat en prenant conscience de son incohérence, qu'il n'est qu'une idée qui n'existe qu'en fonction des autres, du conditionnement social, des exigences du moment et du passé. Sans pensée continue, il n'y aurait pas de soi. Ce serait la fin de l'être mental, du soi se percevant. »

« Ce serait horrible, » dis-je en frissonnant.

« Et le plus terrible dans tout ça, c'est que nous ne sommes que des fossiles. Nous ne sommes même pas sûrs d'être vivants. Le monde de pensée des hommes n'est qu'un univers d'idées mortes. La pensée est vieille comme le monde. Rien de nouveau ne se produit sous le soleil de la pensée. Elle est une vieille femme qui ne fait que tourner en rond, brodant sur du vide, tricotant toujours les mêmes mailles aux vices de ses cercles. Elle est une Pénélope flétrissant qui n'aurait jamais revu son Ulysse. Elle tisse sur son métier la trame des existences à défaire, dont les fils, tel un cordon de soie, s'enroulent tressés en spirale autour des noyaux d'étincelles, toron central, servant de guide à l'ensemble. C'est une corde simple et solide qui, une fois les fils fondus ensemble, se rigidifie, et qu'il devient urgent de trancher du glaive du détachement. Ainsi, l'être humain non transformé est habillé de vêtements tissés par la mentalisation.
Toute pensée est du passé. On ne peut rien connaître en dehors du temps, et donc on ne peut connaître que du passé. L'espace et le temps ne sont que des projections du mental. Toute idée n'est jamais qu'une reconnaissance, et pas forcément conscientisée. Elles proviennent toujours de conditionnements antérieurs.

Les religions sont des exemples typiques de ce genre de considérations passées. Elles règlent toujours, inscrites en filigranes dans la mémoire humaine, de leurs principes ancestraux, la vie quotidienne des hommes, même si la plupart des gens croient rejeter ces considérations d'ordre religieux. Toute la vie d'un homme en subit les conséquences. Elle est structurée, soumise à des lois, à toutes sortes de codes de conduite nécessaires pour vivre en société, pour fonctionner « intelligemment » dans le monde. »

« Aujourd'hui, ne serait-il pas préférable de mettre tous ces codes au placard, et de trouver autre chose que tous ces vieux interdits moraux et religieux qui ne sont plus adaptés à la vie moderne, à l'évolution de la conscience humaine ? »

« La religion n'est qu'une façon intellectuelle d'interpréter le réel et de vouloir le contrôler surtout, même si parfois elle s'élève assez haut dans les sphères de la pensée pour ne pas être comprise par certains esprits un peu obtus.
La religion cherche à imposer ses points de vue, quels que soient ses moyens. Souvent elle parle d'amour, de charité, de compassion, pour toucher le cœur de ses ouailles, parce que le commandement autoritaire ne marche plus beaucoup, poussant les hommes à pratiquer les « vertus », pour mieux les asservir. Au nom de cet idéal qu'est l'amour, on veut tout manipuler, imposer notre façon de voir. Mais cet idéal n'entraîne finalement que violence un peu partout, en soi et dans la société, car elle n'est pas naturelle. Elle est forcée, imposée à une nature qui n'use pas de cette qualité, ni de bons

sentiments, pour se manifester. Et quand on veut réprimer ce qui est naturel, on finit par lâcher des bombes atomiques à la face des innocents... »

« N'est-ce pas un peu excessif comme raisonnement ? »

« Ce n'est pas un raisonnement, mais une constatation. C'est la violence de la pensée qui invente l'idée du bien et qui cherche à l'imposer pour le soi-disant bien de tous, décidant de ce qui est bon et de ce qui est mauvais pour ceux qui ne savent pas. C'est au nom de cet idéal que les hommes se battent contre les « méchants » pour les faire entrer de force dans l'ordre de leur morale. C'est pour se protéger, protéger ses biens et ceux qu'il aime que l'homme conçoit une idée du bien et qu'il veut l'imposer aux autres. C'est pour protéger, or protéger c'est détruire. La pensée passe son temps à se trouver les alibis les plus « bien-pensants » et les plus « scientifiquement » démontrés pour justifier ses intentions. Et l'homme détruit son monde, détruit la civilisation qu'il s'est bâtie, et se détruit lui-même en voulant conserver ses privilèges. »

« Quelle devrait être son attitude, alors ? »

« C'est la préservation de soi-même qui devrait être le guide naturel de tout homme, et non une prétendue adhésion à une idéologie quelconque. Mais pour son malheur, ce qui intéresse l'homme ce n'est pas de vivre l'état naturel, quoi de plus simple au monde, mais de le penser. Parce que l'homme est persuadé qu'il est nécessaire et qu'il suffit même de le penser d'abord pour pouvoir le vivre ensuite. Cependant l'état naturel est hors mentalisation, c'est un état non réfléchi et donc qui ne peut être projeté, décidé, mais vécu sans arrière pensée. Si on retire cet état naturel à l'homme, on supprime toute harmonie de sa vie. Et il ne peut jouir de la paix intérieure. Parce qu'il s'est fait une idée qui n'a rien à voir avec le fonctionnement harmonieux du corps.

L'homme, quand il pense à sa vie, n'est plus en harmonie ni avec son monde, ni avec lui-même. Cette disharmonie est recherchée et cultivée par les religions. En effet, celles-ci développent des aspirations qui détruisent toute possibilité d'harmonie avec soi-même et avec les autres, empêchant l'homme d'accepter le monde tel qu'il est et non tel qu'il le pense, tel qu'il voudrait qu'il soit. Elles sont causes de ses peines, de ses souffrances et de ses délires psychologiques... »

58
Dieu n'est qu'un Concept

« Saisis-tu à présent la limitation de telles croyances ? De l'intolérance idiote et cruelle des religions, et plus particulièrement de l'Église, envers tous ceux qui refusent d'être leurs esclaves ? L'Église, au même titre que la plupart des autres institutions religieuses, tente par tous les moyens d'imposer ses dogmes, sa croyance en un Dieu personnel, créant par là-même l'idée d'un Diable afin d'expliquer la nature uniquement bénéfique de son Dieu. »

« Il existe pourtant bien un Dieu qui a tout créé, le monde et tous les êtres ? »

« Dieu n'existe que dans les esprits. Il a été conçu par la pensée humaine pour expliquer et justifier l'Inexplicable, le vide immense laissé dans l'esprit des hommes par l'Inconnaissable. Ce vide qu'aucun homme ne pourra jamais remplir.
Dieu est infini, car différent pour chaque homme, selon la conception qu'il s'en fait. C'est pourquoi Dieu peut prendre toutes les formes, tous les aspects désirés. Il peut être unique ou multiple. On peut le trouver dans le ciel, ou dans un cailloux, dans une rivière, un éclair, un arc-en-ciel... Chacun le représente à sa façon, découvrant sa

trace là où ça lui plaît et en fonction de son époque, des croyances des peuples... »

« C'est pourquoi dans certains panthéons il existe des millions de dieux, ou formes de Dieu, et dans d'autres cultes il est unique ! »

« Dieu n'est qu'un prototype stérile d'homme parfait. Ce prototype n'a aucun pouvoir. Il n'est qu'une image statique « anthropomorphisée ». Une image de l'homme. Ce que l'Église nomme Dieu est une force impersonnelle, un pouvoir sans pouvoir qui gouverne les destinées de tous les hommes et autres êtres vivants. Dieu c'est le hasard. Il n'y a aucun moyen de le prier, de lui quémander quoi que ce soit, de lui demander des faveurs, d'intervenir pour nous. Nous n'avons nous-mêmes aucun pouvoir sur cette force, aucun effet, tant nous sommes insignifiants. Pour nous cacher cette réalité nous nous inventons ce Dieu Tout-Puissant capable de nous offrir ce que nous désirons, capable de nous rendre heureux, et qui nous aurait créé à sa ressemblance.
L'idée de Dieu n'est qu'une colle puissante pour nous maintenir dans notre état de dépendance et elle nous englue dans les croyances que nous imposent la société, la culture, le clergé, le passé... pour survivre.
Mais tout ceci est sans importance. Tout ce que tu as vécu t'aura permis de te faire une idée sur ce que véhiculent toutes ces religions qui parsèment le monde. Cela t'aura permis d'ouvrir un peu plus les yeux sur ces malentendus dus à des croyances infantiles. Car il faut l'avoir vécu soi-même pour le comprendre. Les découvertes sont toujours personnelles. Il n'y a qu'en en faisant l'expérience que les choses se révèlent à nous.

Chaque religion affirme que son Prophète est le dernier, qu'il est le plus grand et le seul à détenir toute la Vérité. Il a donné les dernières instructions, les seules complètes, et plus rien n'est à dire de nouveau. Que ce soit juste ou non, de toute façon, tu es un guerrier et la voie des guerriers n'est pas la recherche de la vérité. Cette voie est celle des philosophes, les esclaves de la raison. Le guerrier, quant à lui, renonce à toute tentative de comprendre l'Absolu par quelques spéculations intellectuelles qui ne peuvent offrir qu'une connaissance limitée, ne pouvant inclure dans son esprit l'illimité. Il vit son action, il ne la réfléchit pas.

Il laisse les choses incompréhensibles demeurer incompréhensibles, plutôt que de les intégrer au fardeau de connaissances inutiles qui composent la pensée et de les réduire à de simples concepts qui ne valent rien. Le guerrier ne s'intéresse pas aux éléments qui forment l'être humain, ni aux théories métaphysiques de l'existence, mais il cherche à savoir comment exister lui-même. »

« Mais comment comprendre le sens de notre vie, ce qu'on doit faire, où aller, si on n'y pense pas ? »

« Il n'y a rien que l'on doive faire. Il y a juste à faire ce qui se présente, tout simplement, et du mieux qu'on peut. Nous ne pouvons trouver de réponse à la raison de notre existence par la rationalité de notre pensée. Il y a des réponses, mais celles-ci sont sans intérêt, car elles sont toutes fabriquées par le mental humain. Les seules réponses que l'on peut y trouver ne peuvent déboucher que sur une question de foi. Or, comme tu l'as vu, la foi ne prouve rien, elle n'explique rien. Elle brode sur du vide pour se rassurer, uniquement, tissant la trame avec les fils de ses fantasmes. C'est pourquoi le guerrier a choisi une autre voie qui n'implique pas la foi. »

« Et quelle est-elle ? »

« Celle d'agir sans penser à ces questions. Il ne se sert de sa pensée que pour régler les problèmes concrets de son quotidien. Et il laisse faire la Nature. La pensée n'intervient chez lui que quand elle est nécessaire pratiquement. Et elle n'a d'utilité pratique que pour gagner sa vie et communiquer.
Chaque fois qu'on émet une opinion sur un sujet métaphysique, une idée abstraite, on pense et dit des inepties. »

« Pourtant, le chemin suivi par l'ermite ne me semblait pas si misérable. Sa foi le portait vers de grandes réalisations... »

« Quelles réalisations ? La réalisation de Soi ! Encore une idée bien farfelue, en vérité. Encore un leurre qu'il est bien difficile de surmonter. Et qui n'a pas de fin. Car une fois que l'on a eu une expérience mystique on en désire forcément une autre, et encore une autre. Et finalement on désire vivre en permanence dans cet état idyllique, euphorique, béatifique. C'est comme une drogue. En fait, ce n'est pas comme mais c'est une drogue, et une drogue forte, très très forte.
Mais c'est vrai que cette réalisation a aussi son intérêt, pour un temps. Et comme toute drogue, le plus dur est la dépendance qui l'accompagne. »

« Mais pour pouvoir parvenir à se libérer, il est nécessaire de passer par la réalisation de soi ? Et la voie que ma présentée le moine me paraissait être une voie sûre ! »

« Les aspirations spirituelles des plus modestes aux plus exaltées sont toutes un produit de la pensée. Elles se rapportent toutes à l'ego et ne font que renforcer celui-ci. Toutes les pensées, toutes les aspirations sont toujours égoïstes, tournées vers soi, même celles qui ont trait à l'altruisme.
Toute forme de vie subsiste aux dépens d'une autre. Maintenant c'est vrai, on peut choisir parmi les formes de vie auxquelles on va nuire. Si c'est aux fourmis, aux moustiques, aux microbes et aux virus... ou aux êtres humains. Mais quels que soient ce choix, il est arbitraire. On pourra devenir végétarien, antinucléaire, écologiste... on ne continuera pas moins de vivre pour soi, en détruisant d'autres existences pour pouvoir survivre. C'est la Loi.
La valeur d'une forme de vie est toute relative et n'existe que dans la morale de la pensée humaine. Elle n'a aucune valeur absolue. Le sens des valeurs est basé uniquement sur le désir, le désir de l'ego de s'affirmer en s'identifiant à des valeurs qu'il imagine pour lui-même et qui diffèrent d'un individu à l'autre. »

« Pourtant, je continue à penser qu'il y a des valeurs meilleures que d'autres et que la religion de l'ermite en fait partie. L'amour du prochain, la recherche de perfection, du bien de l'humanité, de l'illumination... sont préférables aux guerres, à la violence, au racisme... »

« Et qu'est-ce qui est à l'origine des guerres, du racisme, et ainsi de suite, si ce ne sont les religions elles-mêmes, qui créent une séparation entre les adeptes et les autres ? Et à l'intérieur même des institutions religieuses, ces séparations existent, en instaurant une hiérarchie très précise, avec des valeurs distinctes pour chaque membre. C'est cet idéal de réalisation, de perfection, qui fait courir les mystiques de tout poil. La tête chercheuse en quête de perfection qui n'atteindra jamais son but. Ce sont toutes ces idées qui les bercent d'illusions insatisfaites, bousculant, dérangeant, faisant souffrir. »

59

Le Long Voyage de l'Âme

« Mais comment parvenir à la libération si l'on ne suit aucun exemple ? Les religions peuvent conseiller, préconiser des techniques... »

« La religion de ton ami repose sur la souffrance, l'austérité et l'abnégation de soi. Ce sont les principes censés permettre d'atteindre ses objectifs. Mais jamais il n'y parviendra car il n'existe aucun moyen de parvenir à l'illumination, pas une technique ne permet d'atteindre la libération. Cet objectif lui-même est un leurre.
La libération spirituelle n'existe pas. Elle n'est pas possible. En tout cas, pas tant qu'on est dans un corps de chair, dans une forme humaine. Pas tant que l'on existe.
Vous, êtres humains, vous voulez la libération, faire l'expérience de l'Ultime Réalité, sans changer, tout en restant vous-mêmes. Mais l'ego est un obstacle à cette réalisation. Le moi qui se conçoit, et il ne peut en être autrement, prend, en se concevant, la place de cette Réalité. C'est l'Illusion Absolue du moi.
On ne peut pas se libérer de l'illusion. On ne peut que remplacer une illusion par une autre. C'est pourquoi le désir de se libérer de l'illusion ne peut pas se réaliser. La fin de l'illusion impliquerait la fin de l'entité se pensant être. La libération est la fin de l'être illusoire cherchant à

se libérer. C'est un bond hors de la vie psycho-mentale et spirituelle la plus haute. Lorsque le concept du Soi n'est plus, le sujet ne se conçoit plus et donc, il n'est plus rien. Il disparaît emporté avec l'idée du monde extérieur.

Toutes les techniques de libération, imaginables, tous les enseignements possibles de tous les saints n'y font rien.

L'austérité, la flagellation, etc., ne sont d'aucune utilité. Elles ne sont que des moyens de se faire du mal pour rien, si ce n'est d'assouvir des penchants masochistes, en restant dans la morale religieuse. La plupart des enseignements spirituels considèrent même l'abnégation de soi comme l'idéal le plus élevé à atteindre. L'Église fait reposer toutes ses doctrines, ainsi que le salut de l'humanité sur cette renonciation. Et la société occidentale très imprégnée de ses dogmes, même quand elle pense les combattre, lui a emboîté le pas. Mais pourquoi toujours vouloir sacrifier l'ego sur l'autel de l'abnégation ?

De multiples et variées techniques de méditation, comme la concentration sur sa respiration, et j'en passe, sont développées pour y parvenir. Mais toutes ces techniques ne sont que des activités de concentration sur soi et d'exclusion des autres. Car tant qu'on agit en vue du non-soi, on reste ancré dans le soi.

Il n'y a aucun moyen d'y échapper. Tous nos actes sont tournés vers nous-même, ils ne sont que concentration sur soi et rien d'autre. »

« Pourtant, certains mystiques prétendent être parvenus à se libérer... »

« Libérés de quoi ? Des contraintes du corps humain ? Du monde matériel ? Oui, quand ils seront morts ! Comme tout un chacun.

La seule libération possible est celle de la pensée dirigée et contrôlée par la volonté personnelle. Ce qui arrive aux soi-disant éveillés, c'est que la pensée se met à son rythme naturel de fonctionnement sans que l'ego de l'homme ne récupère ni ne dévie ce rythme par des désirs personnels. Ce qui est rarement le cas, puisque même dans l'exemple de la plupart des réalisés il y a eu désir d'illumination, et ils restent attachés à leur ancien mode de fonctionnement. Pourtant quand cela se produit chez un individu, ce fonctionnement est déconnecté et discontinu par rapport au monde de la pensée en général, mais il est en accord avec celui du corps. Jamais il n'y a là d'intervention divine ni de conscience supérieure.

Tu vois, tout ce qui arrive à ces mystiques en quête d'absolu est uniquement du domaine physiologique, même s'ils ne comprennent pas le processus. Et quand ils tentent de l'expliquer, ou quand un de leurs disciples ou compagnons en parle, ils retombent dans la pensée analytique, stérile et bornée.

En fait, pour être encore plus précis, je dirais que les bouleversements que vivent les mystiques dans leur corps se situent au niveau du système nerveux. Quand il y a illumination, visions astrales et autres développements de « facultés surnaturelles », les décharges électriques dans le cerveau deviennent anarchiques. Les connexions entre neurones ne sont plus bonnes. C'est toute la chimie du corps qui en est altérée, ce qui dérange son rythme naturel, produisant toutes sortes d'aberrations considérées comme des expériences mystiques.

Le problème dans le monde de la pensée en général vient du fait que l'homme empêche la pensée de fonctionner à sa manière, c'est-à-dire de façon discontinue. Il veut tout contrôler et il se sert pour cela continuellement de la pensée. Il veut contrôler jusqu'à la pensée elle-même, et le corps, sans réaliser que la machine biologique fonctionne déjà de façon impeccable par elle-même. L'homme ne fait que la détraquer en voulant la dominer, la modifier en fonction de ses plans réfléchis... »

« Comment ça il détraque son corps en voulant diriger la pensée ? »

« Prenons un exemple, ce sera plus facile à comprendre. L'homme aujourd'hui, dès qu'il est malade, se bourre de médicaments. Ces médicaments peuvent avoir des effets secondaires, parfois graves, sur la santé du corps en général. Mais ça il s'en moque sur l'instant, pourvu qu'il soulage son mal présent. Et puis, il rend son corps, ou plus exactement son système nerveux dépendant des médicaments.
Que fera-t-il si un jour il ne peut plus se procurer ces médicaments, même un bref instant ? Et si d'autres maux se développent, il va prendre une pilule ou un cachet pour chacun d'eux ?
Et ce n'est qu'un exemple parmi tant d'autres. Mais revenons maintenant au sujet qui nous intéresse.
Nous disions donc que ce n'est pas cette lumière radieuse associée à la béatitude la plus paisible. Ce n'est pas non plus un oasis de lumière dans l'obscurité qui nous entoure. Ce n'est pas encore la solitude que les gens redoutent, mais simplement on est seul. Seul face à l'éternité. Et rien ne suscite une plus grande solitude que l'éternité. La petitesse de l'humanité face à l'immensité infinie de l'Inconnaissable.
Ce néant de pensée est un silence solitaire, qui n'a aucun

point en commun avec la solitude de l'illuminé. Au sein de l'isolement béatifique du Soi réalisé, aucune communication n'est plus possible, même si les apparences laissent croire le contraire. L'être ainsi illuminé d'illusions se renferme sur sa propre fascination. En croyant faire l'expérience du monde, il se sépare de tout ce qui n'est pas lui, alors même qu'il se pensait baigner au cœur du Tout, de l'univers, de Dieu.

Mais quel sentiment de plénitude que cet état, cette présence que l'on ressent et qui fond sur soi ! C'est pourquoi elle est la pire des illusions. Parce qu'on s'y sent si bien qu'on est prêt à y croire et à tout abandonner pour maintenir cet état en permanence, reniant tout le reste. On a enfin la certitude d'être arrivé au bout, d'être délivré de tous les tourments, de reposer en paix et en sécurité dans cette énergie toute puissante capable de nous protéger de tout. Alors, on pense être parvenu à Dieu, la Source de l'univers, et ne plus faire qu'un avec Lui. Mais là encore, cette plénitude et cette sérénité ne sont que temporaires, et plus la montée a été élevée plus la chute est terrible, quand elle se produit si on ne parvient pas à se maintenir dans cet état nirvanique. Car ce n'est encore qu'une étape dans le parcours de l'ego vers son annihilation, dans son voyage vers l'inconnu. »

« Mais voilà bien une motivation pure et sensée ! »

« Non, parce que même vouloir faire un avec Dieu est une motivation *impure*. Le service au Divin doit être dénué de tout intérêt, de toute motivation. L'illumination est là où il n'y a pas de désir, non où il y a désir d'illumination. Pour se libérer, on ne doit pas s'en soucier. Juste faire ce qui doit être fait pour que cela arrive, mais sans le vouloir. On ne doit rien demander pour sa propre élévation et son confort. Or, tout service est motivé par une volonté personnelle. De plaire, de bien faire, d'être apprécié, reconnu et que sais-je encore ? Donc, tu comprends alors que l'illumination réelle est impossible !

D'ailleurs, ce que tu cherches à faire, ce n'est pas de t'élever au ciel, de te fondre dans la béatitude pour l'interpréter et mettre ton esprit au niveau de tous ces soi-disant réalisés, qui ne sont que des illuminés, conformément aux habitudes de pensées mystiques. Ce que tu cherches à faire, c'est rendre ton mental apte à tout concevoir. Il ne te faut donc pas le détruire, t'en débarrasser, mais plutôt le transformer pour que, sans plus ses repères habituels, il puisse accepter le tout possible.

C'est la même raison pour laquelle il te fallait abandonner le moine et tous ses désirs d'illumination. Vous ne pouviez plus continuer ensemble. Lui demeurait enfermé dans ses conceptions moralistes religieuses étriquées de la vie, et toi tu es en train de dépasser tout cela. Tôt ou tard tu t'en serais aperçu. Mais de toi-même tu aurais pu attendre encore longtemps avant de prendre la décision inéluctable de le quitter. Il est parfois difficile de précipiter les événements. C'est pourquoi le destin t'a donné un coup de pouce, comme chaque fois que tu le sollicites à juste titre.

Alors tu vois, tout est bien dans le meilleur des mondes. Car ton chemin ne s'arrête pas là, il va plus loin que la ligne figée de son horizon, au-delà de la réalisation de Soi. Vers l'Inconnaissable. »

« Mais alors à quoi sert la réalisation de Soi ? Est-ce bien nécessaire ? »

« La réalisation de Soi, le Un dans le Tout, est une étape importante dans l'évolution de la conscience individuelle, mais sa dissolution fait partie d'une réalisation beaucoup plus complète, où ce Soi s'efface.
Lorsque l'individu séjourne dans le Soi, ce que fait le corps, ainsi que l'intellect, est considéré comme extérieur, et sans effet sur l'attitude intérieure. Une fois que l'on a réalisé le Soi, celui-ci choisit pour nous. Il y a une distanciation, une différenciation incroyable entre ce que vit le corps et ce que vit l'esprit, creusant un fossé entre les deux. L'individu est devenu spectateur de lui-même, au même titre qu'il est spectateur des autres. La conscience-témoin continue d'observer le jeu des pensées qui courent dans le cerveau, les émotions jaillir, et ainsi de suite, mais sans influencer le corps intérieur placé sous la maîtrise de la conscience « supérieure ». Elle sait désormais que la personnalité de surface fait partie de l'illusion des mondes. Elle n'est pas le Soi. Mais ce qu'elle ignore c'est que le Soi aussi fait partie de l'illusion des mondes, des mondes spirituels.
Un « éveillé » transforme son être intérieur, c'est la transfiguration, mais pas l'extérieur. Il demeure donc un instrument imparfait, maladroit, uniquement libéré de certaines passions psychiques. Ce qui n'est déjà pas si mal, toutefois.
Or, l'ego de l'éveillé, quoi qu'il en pense et en dise, continue de conditionner l'expression de sa vie consciente. Au même titre que l'inconscient dirige la vie des gens ordinaires. Tant qu'il demeure une trace d'orgueil, et c'est le cas chez tout « sage », il persiste une volonté d'importance, de puissance et de domination sur

autrui. Tant que l'homme recèle en lui ces fausses lumières, celles-ci jugent et condamnent la Lumière Noire de l'Absolu.

La lumière dans le mental peut nettoyer, purifier l'esprit et agrandir les perceptions, mais tant que le corps demeure attaché aux passions, l'esprit y reste également soumis. On ne peut rien y faire.

Pour qu'il y ait une réelle transformation, il faut qu'il y ait descente de la Lumière non seulement dans le mental, mais aussi qu'elle touche les cellules physiques, dans tout l'être. C'est l'être dans son entier qui doit changer. Mais ce changement est lent et très délicat, voire même impossible tant qu'on garde sa forme humaine. Car comment peut-on s'aventurer dans la solitude de l'éternité et préserver sa condition humaine ? C'est pourquoi, avant de changer, l'être doit passer une nouvelle fois à la mise au tombeau. Il doit traverser la Mort, cette Grande Initiatrice du Grand Passage, le long Voyage dans la Nuit de l'Âme.

Ce voyage doit s'effectuer sans souci ni tristesse, sans remords de ce que l'on quitte, ni doute aucun. On n'a plus alors le temps de s'appesantir sur ces choses-là. Il n'y a qu'à laisser les choses se faire toutes seules, et les actes se dérouler en conséquence. »

60
Le Tyran

Le Roi-sous-le-Lac s'interrompit brusquement. Il se rassit sur son trône et me regarda l'air interrogatif.

« Est-ce clair ? »

« Oui, enfin... cela semble clair ! »

« Très bien, mais peu importe en vérité.
À présent, pour en revenir à ton ami, je te dirai que vos deux routes se sont croisées au moment où tu avais besoin de lui, pour te montrer ce qu'il y a à voir sur cette voie. Sa compagnie sur le chemin qui est le tien t'a permis de réaliser ta conscience spirituelle sans avoir besoin de t'y éterniser.
Tu as cru en son « monde », tu as cru sa croyance, parce qu'elle fait aussi partie de la Voie. Ces croyances que tu as acceptées un temps et faites tiennes, ont permis de te déconditionner de tes anciennes croyances, mais attention de ne pas te ré-conditionner spirituellement à de nouvelles doctrines. »

« Comment se fait-il que je sois si prompt à croire les autres et à intégrer ainsi leurs idées ? »

« Tu as une tendance naturelle à te sentir en sympathie avec les êtres que tu rencontres. C'est bien, mais il faut que tu sois vigilant. Il faut que tu apprennes à faire la part des choses afin de comprendre ce qui se passe et garder tes distances un minimum. Tu ne dois pas assimiler pour toi tout ce qui passe et te touche de près comme de loin, sans quoi tu éprouveras de grandes difficultés à t'en dissocier et à être toi-même. Tu es assez souple pour pouvoir t'adapter à n'importe quelle situation et incarner n'importe quoi, mais il est important que tu préserves ta propre identité.

C'est normal, après tout, que tu acceptes aussi facilement tout ce qui se présente à toi, puisque rien n'est totalement faux. Il y a une part de vérité en chacun. L'esprit n'est lui-même que la somme des pensées, la totalité des expériences. Il n'y a aucun point de vue à défendre plus qu'un autre. Mais il faut savoir discerner et replacer les choses dans leur contexte. Le tien n'a pas de frontières. Donc, à toi de ne pas t'enfermer dans un moule. »

« N'y a-t-il pas une voie à préférer plus qu'une autre ? »

« Non, pas dans l'absolu. Pour chaque individu correspond une voie préférentielle, mais toutes sont possibles, et aucune n'est meilleure qu'une autre. Tout dépend des besoins de l'individu.

Ainsi, pour certaines doctrines, la sexualité revêt une importance considérable. Parmi ces doctrines, il y a celles qui s'en servent pour développer la conscience, et celles qui sont pour une restriction partielle ou absolue. Celles qui soutiennent que la sexualité est un atout pour le développement personnel pensent que l'acte sexuel est un don de conscience, et utilisent l'énergie sexuelle pour créer la vie, donc pour donner la conscience à d'autres êtres. Sans parler qu'à travers l'acte lui-même, au paroxysme de l'excitation et de la jouissance, on peut atteindre à la plénitude, à l'extase, à l'illumination, seul ou à deux.

Par contre, d'autres doctrines sont totalement opposées à ces concepts. En effet, beaucoup de religions préconisent une vie sexuelle retenue, voire inexistante, comme dans la religion catholique, pour ne citer qu'elle, où l'acte sexuel pour les serviteurs de Dieu est grandement proscrit. C'est un acte dégradant, un péché, une tentation du démon. Ceux qui pensent ainsi considèrent qu'il est important d'amoindrir les effets extérieurs des sens qui pourraient perturber le développement de la vie intérieure. C'est pourquoi il est conseillé aux adeptes d'anéantir leurs passions, leurs désirs, et surtout leur sexualité, première cause des pulsions sentimentales. Ces dernières doivent être contrôlées et utilisées, quand elle sont permises, avec beaucoup de soins.

Le problème de ces doctrines, c'est que ce contrôle de l'énergie devient une moralité, au lieu d'être simplement une orientation et une économie de l'énergie. Car il est fort possible que la sexualité dépense beaucoup d'énergie et que si un homme de connaissance veut pouvoir « voir », acte qui demande encore plus d'énergie, il lui est nécessaire d'être avare de son énergie sexuelle. Ceci n'étant qu'un aparté pour te démontrer par un exemple simple que tous les chemins sont possibles, chacun étant plus ou moins bien adapté selon les individus.

Il n'y a pas de « techniques », de processus types, à préférer plus qu'un autre. Tous les chemins sont bons. Il n'existe pas de modèle défini ni définitif. Chacun « y va » à sa façon, bousculant les principes établis à son heure, même si certaines conditions sont nécessaires pour cela. Ce qui fait bouger est ce qui bouscule, ce qui paraît nouveau. Cela en effraie certains, tandis que d'autres recherchent sans cesse le mouvement... »

« Mais pour parvenir à la réalisation, il ne peut y avoir qu'une seule voie ? »

« Détrompe-toi. Nombreuses et nuancées sont les possibilités de « réalisation ». Cependant, toutes les réalisations ne s'effectuent pas au même niveau de l'être. Et pourtant, chaque « réalisé » croit avoir trouvé la seule et unique solution, parce qu'il en a essayé une qui marche, lui semble-t-il. C'est pourquoi on pense généralement qu'il n'y a qu'une voie pour y parvenir. Mais toutes sont susceptibles d'y mener, même les voies qui n'ont rien de spirituel en apparence. Et ce n'est pas parce qu'une réalisation est vraie, que toutes les autres sont fausses. »

« Il existe quand même bien une vérité qui ne peut être contredite ? »

« La vérité est infinie. On ne peut la réduire à des concepts. »

« Pourtant, une chose ne peut être vraie et fausse en même temps ! »

« Bien sûr que si. C'est le problème des paradoxes. Tout est question de relativité, et de contexte. »

« Admettons qu'il existe de nombreux modes et stations

préparatoires à la réalisation, il doit bien y en avoir qui se ressemblent, et on doit bien pouvoir faire ressortir quelques grands principes qui rassemblent les différentes voies ! »

« On peut effectivement les classer en deux ou trois courants principaux. »

« Quelles sont donc ces voies ? »

« Il y a pour commencer la voie dite « ascendante » parce qu'il s'agit de s'élever grâce à la connaissance acquise par soi-même, ce que la tradition spirituelle rejette évidemment. Elle se réalise par l'intégration des problèmes psychologiques, en alignant ses corps physique, émotionnel et mental, l'être développant ce que l'on pourrait appeler sa personnalité intégrée. Ainsi, il se libère des chaînes humaines. Le but étant de sortir de la manifestation en une remontée vers la Source pour se fondre en Elle.

Ensuite il y a la voie « descendante », en opposition avec la précédente, celle que les religions préconisent, parce qu'il s'agit de suivre un enseignement d'autorité spirituelle reconnu. Mais à l'intérieur de ce courant, on peut également faire plusieurs grandes distinctions, d'où les divergences entre les dogmes.

Si tous sont généralement d'accord pour reconnaître que le but est la descente de la Conscience en manifestation, ils ne sont pas d'accord par contre sur la manière de le réaliser. Certains dogmes ont une vision plutôt manichéenne et dualiste, supposant que la Lumière et les Ténèbres s'opposent pour l'éternité, et que pour en sortir, il faut se soumettre sans compromis à la Source

Lumineuse. Il s'agit là encore de quitter le monde matériel de misère. Tandis que d'autres mouvements religieux font de la Terre le lieu d'accomplissement progressif et final : soit avec l'avènement du règne de l'Esprit Saint sur Terre, c'est-à-dire une spiritualisation dans tous les domaines ; soit avec la descente du Saint-Esprit pour rappeler les âmes vers le Monde de Lumière. »

« Dans toutes ces voies, quelle est la mienne ? »

« Aucune, ou toutes à la fois. C'est celle de la Synthèse. Puisque tu les a déjà toutes conçues, maintenant il ne te reste plus qu'à en faire une synthèse. »

« Qu'est-ce que la synthèse ? »

« Ce sont tous les courants imaginés et imaginables réunis en un seul, en une vision de synthèse. »

« Est-ce que le devenir de l'homme, si devenir il y a, doit passer par la synthèse de tout ce qui s'est fait, s'est dit ou pensé ? Ou peut-il y avoir du nouveau ? Une nouvelle réalité ? Peut-on aller encore beaucoup plus loin ? »

« Là, tu m'en demandes trop. Je ne puis répondre à ta question. Peut-être trouveras-tu une réponse un peu plus loin sur ta route, mais si cette réponse existe, ce sera à toi de la trouver tout seul. »

« Il y a trop de questions qui restent sans réponses. C'est agaçant ! »

« Oui, je sais. Pourquoi les hommes sont-ils si différents ? Pourquoi ne sont-ils pas tous nés sous la même étoile ? Certains... »

« Peut-être parce que nous n'arrivons pas tous avec le même bagage, avec les mêmes antécédents. Si on se réfère à l'idée de réincarnation. »

« Qui sait ? »

« En tout cas, nous parcourons tous le même chemin, même si les voies sont multiples et variées. Mais pour aller où ? »

« Et d'où venons-nous ? La question reste entière. »

Le Roi semblait amusé par toutes ces réflexions « inabouties ».

« Je ne sais pas. Je ne sais même pas s'il existe réellement une réponse à toutes ces questions. Pourquoi, pourquoi, pourquoi... hi hi hi... Nous n'en sortirons jamais ! »

Tout à coup, il retrouva son sérieux et poursuivit :

« Et pourquoi toutes ces questions ? Pourquoi es-tu ici ? Pourquoi avoir rencontré l'ermite et pas quelqu'un d'autre ? Parce qu'il était sur ta route ? Qu'il faisait mieux l'affaire qu'un autre ? Par hasard ?
En tout cas, je peux te dire que la présence de ton ami à tes côtés t'aura été utile au moins pour te rendre compte du chemin parcouru et de celui te restant à parcourir.

De même, il t'aura permis de comprendre ce qui peut être fait et ce qui n'a aucune utilité. Mais encore, il aura eu sur toi une action salvatrice en réfléchissant tous tes côtés spirituels illusoires. Il aura joué pour toi le rôle de miroir. Un miroir réfléchissant ce qu'il y a de plus dérangeant en toi, faisant jaillir les idées que tu te fais d'un monde idéal et de l'être parfait. Comme le négatif de photographies, il a représenté pour toi ce qu'on pourrait appeler un révélateur, et qui est un enquiquineur, un tyran. Le tyran de tes idéaux. Il avait le pouvoir de te tourmenter, de t'agacer sans fin, jusqu'à te faire perdre la tête, le fil de tes idées, de te faire sortir de tes gonds, de susciter en toi des réactions en chaîne violentes, une fureur, une angoisse intolérable et une tristesse oppressante, ainsi qu'une indignation déroutante. Il t'a tiraillé de toutes parts, te laissant ballotté entre les courants de pensées contraires.

Les mauvaises conditions apparentes de la vie peuvent devenir un cadeau royal. Le moine était ce cadeau. Il était en position de pouvoir face à toi, t'obligeant à traiter avec lui, à te justifier. Il te fallait faire preuve de modération et de sérénité pour supporter le poids de ses tracasseries. Car tout à la fois il t'ennuyait et tu avais besoin de lui.

Toute condition d'environnement difficile est une opportunité de résoudre ses propres conflits intérieurs en travaillant sur soi. L'ermite t'a enseigné par ce biais, non pas les idées qu'il voulait faire passer, mais le détachement, t'obligeant à effacer tout l'orgueil qui t'habite encore.

Lui n'aura pas bénéficié de cet enseignement, il n'en avait rien à faire, il était trop imbu de sa personne, trop convaincu de la justesse de ses croyances. C'est pourquoi sa suffisance restée inébranlable l'a empêché de poursuivre plus loin. Seul le pouvoir de l'âme emplissait toute sa vision. Pour cela, la croyance en la réalisation spirituelle comme but ultime de l'existence lui suffisait. Mais pas pour toi, car là où tu vas, le pouvoir de l'âme ne suffit pas pour ouvrir les portes de l'Inconnu. Il n'est qu'un commencement, sur le parcours qui est le tien. Puis, si tu t'en tiens à lui, si tu ne l'abandonne pas derrière toi une fois son rôle accompli, il devient un frein. Celui de l'illusion spirituelle.

À la longue, il est plus dangereux de s'accrocher à une illusion que de se confronter aux faits réels. Ton ami en était un exemple parfait. Il avait fini par s'asseoir sur ses préjugés, comme sur un trône de gloire, pour en tirer sa force vitale et intellectuelle, et ainsi plonger dans un assoupissement béatifique.

Mais toi, tu as accepté le prix exigé et tu peux continuer. Bien qu'à un moment donné tu es passé à deux doigts de la défaite. Tu as failli être vaincu par l'ermite, lorsque tu t'es placé sur le même plan que lui, d'abord en acceptant sa religion et son Dieu, mais encore plus en tentant de lui exposer ses erreurs et de te justifier. Finalement, tu t'es ressaisi à temps et tu t'en es sorti de justesse.

Votre rencontre aura été une aubaine pour toi, car sans elle, il t'aurait fallu faire un détour pour trouver quelqu'un qui aurait pu tenir ce rôle de tyran pour toi.

Mais assez parlé. Je crois que j'en ai dit suffisamment pour te permette d'y voir plus clair dans tous ces événements récents. Maintenant, il est temps de tourner la page, et d'aller t'installer pour cette partie d'échecs décisive. »

Tandis qu'il me parlait, le Souverain des Eaux s'était rassis sur son trône. Ses sujets, autour de nous discutaient entre eux. Ils étaient tellement silencieux que pendant tout notre entretien j'en avais oublié leur présence. Ce n'est qu'une fois que nous eûmes fini de parler que je me souvenais du lieu et des êtres l'habitant, dans lequel j'évoluais.

« Eh bien, si tu le veux bien, nous allons pouvoir passer à côté. »

Le jeune monarque se leva de son siège. Il descendit les marches prestement et se dirigea vers une grande tapisserie accrochée au mur, dissimulant une porte. Je lui emboîtai le pas et nous disparûmes derrière la tenture.
Nous traversâmes plusieurs corridors déserts avant d'atteindre un escalier d'ébène. Nous gravîmes les marches menant en haut d'une tour d'ivoire. Tout en haut, nous nous arrêtâmes devant une porte aussi noire que l'escalier. L'Enfant-Roi ouvrit la porte et s'effaça pour me laisser entrer. Comme il ne semblait pas vouloir pénétrer dans la pièce, mais s'apprêtait plutôt à refermer la porte derrière moi, je le questionnai :

« Vous n'entrez pas ? »

« Oh non, ce n'est pas contre moi que tu vas jouer. Ton partenaire est déjà là qui t'attend ! »

Je me retournai, mais je ne vis personne.

« Installe-toi. Nous allons pouvoir commencer la partie. »

À suivre...

Titres de l'Auteur déjà parus :

« Ganymède, Voyage en des Temps Oubliés »

« Magie Noire : les sens de la vie »

« Le Jardin des Libertés »

La série de
« L'Oublié des Dieux »

1. Introduction : « La Malédiction »
2. Livre 1 : « Le Complot »
3. Livre 2 : « Dans les Fondrières de la Mémoire » Tome
1
4. Livre 2 – tome 2 : « Nocturnale dans les îles »

Retrouvez tous ces titres sur :

http://www.amazon.fr/s/ref=nb_sb_noss?_mk_fr_FR=%
C3%85M%C3%85%C5%BD%C3%95%C3%91&url=se
arch-alias%3Dstripbooks&field-
keywords=olivier%20dec%C3%A8se

* * *

à paraître prochainement :

« Le Songe du Berger : Tome 3 – Au Bout de la Quête »

Vous pouvez également vous rendre sur le site officiel de l'auteur :

http://olivierdecese.com

et sur son blog :

http://olivierdecese.wordpress.com/

* * *

Page Facebook :

https://www.facebook.com/olivier.decese

et Twitter :

https://twitter.com/olivierdecese

N'oubliez pas non plus de déposer vos commentaires (surtout s'ils sont positifs, ce dont je ne doute pas...*)*